COMO SI FUERA ESTA NOCHE
LA ÚLTIMA VEZ

Literaturas

COMO SI FUERA ESTA NOCHE LA ÚLTIMA VEZ

Antonio Ansón

los libros del lince

Diseño de cubierta e interiores: DGB (Diseño Gráfico Barcelona)
Imagen de cubierta: © Ferdinando Scianna

Primera edición: febrero de 2016
© Antonio Ansón, 2016
Edición a cargo de Ana Domínguez Rama
Corrección de pruebas: M.ª Jesús Rodríguez
© de esta edición: Los libros del lince, s. l., 2016
Av. Gran Via de les Corts Catalanes, 702, pral. 1.ª
08010 Barcelona
www.loslibrosdellince.com
info@loslibrosdellince.com
Facebook: www.facebook.com/loslibros.dellince
Twitter: @librosdellince

ISBN: 978-84-15070-57-3
IBIC: FA
Depósito legal: B-599-2016

A mis madres

JULIO

Hoy he visto el mar por última vez. Cada día, nada más levantarme, salgo al balcón y me asomo para comprobar que sigue ahí. Y me recuerda que, al final, nosotros tendremos que irnos y él se quedará. Mañana volvemos a casa y él seguirá indiferente con su runrún hasta el año que viene, y al otro y al otro, hasta que ya no queden mañanas desde donde mirar ni memoria para saber si, efectivamente, habrá una próxima vez.

Dejamos pasar los días con la ilusión temeraria de los niños pidiendo a risas y gritos repetir el salto mortal que nos lanza al cielo para caer confiados en los brazos de la vida. ¡Otra vez!, celebramos, ¡otra vez!, exigimos, ¡y otra!, felices con más risas y más gritos.

Todos duermen. El último día vuelvo a ponerme en pie la primera y me regalo esta taza de café bien cargado frente a mi soledad. Hay cosas que no quiero compartir, que son para mí y para nadie más, como este café y este mar.

Por momentos me parece vivir con un bigote y una nariz postizos, esconderme dentro de la otra Julia. ¿Sospechará Juanma quién soy? ¿Sabrán mis hijos alguna vez quién fui? Imaginar que pertenezco a otro lugar, que puedo escaparme y regresar para ser de nuevo la madre y la esposa como si no pasara nada, pero sí que pasa. ¿Cuánto tiempo más durará este ir y venir de mí a mí misma sin perderme por el camino? ¿Siempre?

En el momento de marchar, justo antes de incorporarnos a la rotonda camino de la autopista, me giro un instante para contemplar su esquina azul y guardar un poco más de luz en mis ojos hasta la vuelta. Volver. Nos pasamos la vida deseando volver, pero nunca se vuelve.

¡Mamá!, grita Fito desde la cama, Loren se está tocando y no me deja dormir. ¡Imbécil!, oigo que Loren responde, hay ruidos de camas golpeando la pared y Fito que llama a su hermano gilipollas. ¡Basta!, pongo punto y final al altercado. Fito cruza corriendo el salón, entra en el cuarto de baño y vuelve a su cama como una exhalación. De nuevo el silencio. Otra vez yo.

Se acabaron las vacaciones. Estoy cansada. Loren y Fito no han parado de pelearse. Una semana de playa acarreando bolsas del supermercado. La siesta. Las meriendas. La cena. Y vuelta a empezar. Hasta caer sin fuerzas. Ni para dormir. Me siento agotada. A ver qué dicen los análisis que me hice antes de salir. Tendré algo de anemia. Últimamente sangro mucho. El hierro me sienta fatal.

Y Juan Manuel, que se queja de las dos camas de nuestro dormitorio y yo doy gracias al cielo por dormir sola una semana. Ésas son mis vacaciones. Dormir a solas. Sin el sudor del otro, sin el calor del otro robándome el aire salado por la noche. Evitando cualquier atisbo de ganas. Lo único que me apetece es dormir. Cerrar los ojos y olvidar que existen el mundo, mis hijos, mi marido. Derrumbarme encima de la cama boca arriba y respirar para mí sola. Abrirme de brazos y de piernas sin molestar a nadie y que hasta la más pequeña brisa que entra por la ventana no se desperdicie y la disfrute yo en mi rincón del alma. En mi rincón secreto. Mío.

A veces me pregunto cuándo empieza el final, por qué razón tenemos la certeza de que aquello —grande o pequeño— que considerábamos imprescindible para seguir viviendo ha tocado a su fin. Y nos rendimos, y aceptamos, y dejamos que duela el dolor. Hasta que el dolor, con todo lo demás, se va desvaneciendo para volverse una vieja fotografía de colores desvaídos en donde apenas se reconocen los rostros, y menos aún las voces.

Hoy he visto el mar por última vez. Mañana volvemos a casa. Eso había anotado mi madre en un cuadernito abierto encima de la mesa de la cocina. ¿Estás haciendo los deberes?, le pregunté. Pues sí, estoy haciendo los deberes. ¿Pero tú ya no vas al colegio? No, no voy al colegio, pero los deberes no se acaban nunca. ¿De qué sirve entonces hacerse mayor?, protesté, pero las personas grandes cuando no saben qué responder dan una orden. Ve a desayunar, anda, me dijo. Se habían terminado las vacaciones.

Llegó el gran día. Sólo de pensarlo me entra el pánico. Recogerlo todo. Hacer las maletas. Y conseguir que toda la intendencia entre en el coche. Juanma no puede con el lío del equipaje, le ataca los nervios. Soy capaz de dejarlos plantados y volverme en tren. Sé que no lo haré, pero me gusta pensarlo, creer que podría hacerlo. Es mucho más excitante desear que tener.

Íbamos dejando el equipaje y las bolsas en el suelo y, como un director de orquesta, mi padre se quedaba mirando los bultos que crecían a su alrededor, primero concentrado y con las manos en alto a punto de dar la entrada al primer violín, eso decía mi madre. Enseguida las manos caían vencidas, perpetuando el silencio de la orquesta, dejando paso al horror en sus ojos incrédulos. Por razones físicas elementales, empezaba a decir mi padre, era obvio que aquella montaña de maletas y bolsas de viaje y bolsas de supermercado con toallas húmedas y aletas de buzo jamás cabrían en el maletero del Renault. Mi padre lo sabía. Nosotros lo sabíamos. Los vecinos del inmueble lo sabían. Los vecinos del bloque de enfrente también lo sabían.

Mi padre sudaba y cuando ya no podía más se quedaba mirando al balcón del segundo piso con los brazos en cruz, desparramando compasión por la boca, repetía. Entonces mi madre se asomaba y, sonriendo, saludaba como una reina con los cinco dedos de la mano abiertos y cimbreantes, con un suave juego de muñeca, como hacen las reinas cuando saludan. Y a sabiendas de que mi padre estaba a punto de soltar el último estertor, eso decía, mi madre se adelantaba anunciando que ya estaba todo, que ya nos podíamos marchar.

En cuanto vuelva tengo que pedir hora con el médico. Los resultados de los análisis, el ritual de las preguntas. Qué pereza. Tengo que llamar para pedir cita con el médico, he pensado en voz alta. Date la vuelta, que te puedes hacer daño si doy un frenazo, me ha reprendido Juanma. ¿Por qué me canso tanto?, he vuelto a pensar, pero esta vez hacia dentro. ¿Te pasa algo?, ha preguntado Juanma al tiempo que pedía paso con el intermitente. Las velas de un barco titilaban en el horizonte.

Mamá, ¿qué quiere decir soltar un estertor?, insistí desde el asiento de atrás. Y mi madre se dio media vuelta para mirarme sin decir nada mientras el coche aceleraba en la rotonda hacia la autopista. Entonces comprendí que el estertor es una cosa muy fea que no se podía decir ni hacer delante de los demás.

¿Julia? Sí, ¿quién es? ¿Julia Aenlle? ¿Quién habla? Soy Enzo, y se ha hecho un vacío expectante. ¡Enzo!, ¿me olvidaste? ¡Enzo Ruano! Enzo Ruano Pavesi, he repetido con voz incrédula, insegura, ¿desde dónde llamas? Estoy aquí, he vuelto de Estados Unidos, me ha contestado. Vaya, qué sorpresa. ¡Pues no sé de qué te sorprendes! Han pasado muchos años sin saber de ti. Lo mismo digo, ha contestado. La primera persona que me ha venido a la mente nada más llegar has sido tú.

Y se ha instalado un silencio incómodo, sin hostilidad. Gracias, he respondido. No hay de qué, ha replicado en tono de broma, y he sonreído sin hacer ruido. Me encantaría tomar un café contigo, saber de ti y a cambio te cuento mis andanzas, claro. Otra vez el silencio de vuelta. Bueno, por qué no, sí, ya me perdonarás, pero me dejas un poco desconcertada. Siempre fuiste un poco lenta, me ha chinchado en un tono familiar que he aceptado sin defenderme, ¿cuándo nos tomamos ese café? No sé, déjame pensarlo.

¿Quedamos en el Alaska?, me ha sugerido. ¿El Alaska? ¡Por favor! Ni que vinieras de hibernar con los osos polares, Enzo. ¡El Alaska hace años que dejó de existir! Vaya, se ha lamentado, vas a tener que ponerme al día de muchas cosas. Mira, quedamos a la entrada del parque y damos un paseo, ¿te parece? Y nos sentamos en un banco como dos enamorados, ha bromeado. Esta vez he declinado su invitación dicharachera porque me parecía fuera de lugar.

¿Cuándo te viene bien?, ha insistido. La semana que viene, he propuesto, o la siguiente, déjame ver, me he batido en retirada para fastidiar. El jueves de la semana que viene, ¿te va bien? He hecho preceder la duda y he aceptado. ¿A las cinco? A las cinco y media, necesito un poco de tiempo. Ya veo que sigues tan presumida como en la facultad.

Por cierto, ¿cómo has conseguido mi número de teléfono?, he querido saber. ¿Olvidas que trabajo en Estados Unidos y soy amigo personal del director de la CIA? ¿Cómo lo has conseguido, Enzo?, he insistido. Te lo diré si me guardas el secreto, y tras unos segundos de suspense postizo ha añadido, ahuecando la voz, me ha informado el Oráculo. ¡Por favor, Enzo! ¡No soy ningún chivato!, se ha defendido. O me lo dices... he amenazado. Está bien, confesaré, pero queda entre nosotros, he matado un pollo y he consultado en sus entrañas las páginas amarillas. Y hemos empezado a reír como los dos estudiantes que se conocieron en primero de carrera. Había vuelto a España y quería verme. Yo también quise verle.

Me ha dicho el médico que ando un poco baja de hierro, pero que el resto está perfecto. No me he atrevido a hablarle del bultito en el pecho. Probablemente es un grano que se me ha infectado. En la playa he tomado el sol sin la parte de arriba del bikini. No me gusta que se marquen el bañador y los tirantes.

Tiene usted los análisis de una adolescente, me ha dicho mi médico. Así que, para celebrarlo, he dejado a Fito y Loren delante de la tele, me he abierto una botella de vino blanco bien fresquito, me he sentado en la terraza con mi novela y me he servido una copa, y luego otra. Cuando ha llegado Juanma casi no me podía levantar.

¿Te pasa algo?, me ha preguntado. No, nada, que estoy un poco borrachita, le he dicho. ¿Tenemos algo que celebrar? Porque, si es así, te me has adelantado, voy a tener que dar un sprint para alcanzarte. Y nos hemos echado a reír. Me ha contado que en el despacho el asunto de los impagos sigue sin resolverse, y que al final los van a tener que llevar a juicio. Ya, he asentido.

El médico me ha asegurado que por dentro estoy como una adolescente. ¡Y por fuera!, ha añadido Juanma a modo de cumplido. ¿Todavía te gusto?, he salido al quite aprovechando que me lo ponía en bandeja. ¿Quieres que te haga una demostración? Para Juanma el sexo ha sido siempre una demostración. Breve, escueta. Exagero, los primeros años había pasión, he estado a punto de escribir, no, interés, lo describiría como interés, buenas maneras, empeño incluso por complacer. Creo que ambos confundimos aquello con la pasión y al cabo de un tiempo lo dejamos estar.

La pasión es para los adolescentes, he dicho en voz alta. Creo que vamos a tener que prescindir de Barrientos, el volumen de trabajo últimamente no da para tantos en el despacho, y su espacio lo podemos cubrir entre todos, ha seguido explicándome. He dejado el libro sobre la mesa. ¿Quieres una copa? Yo me sirvo, ¿te pongo un poco más?, y he dicho a Juanma que sí, que no importaba si me emborrachaba del todo, he pensado.

¿A que no sabes quién me ha llamado?, he anunciado. Enzo, ¿te acuerdas de Enzo? Está por aquí. Hemos quedado para tomar un café. ¿El fascista? Juanma cuando se pone puede ser muy bruto. Sí, el que se fue a Estados Unidos, le he aclarado. Bien, ha asentido, sin dejar de dar sorbos.

Hay pizzas en el congelador, le he dicho. ¿Cuánto rato lleváis delante de la tele?, he oído a lo lejos que preguntaba a los chicos en tono de reprimenda. No he querido darme por aludida. Apenas estamos llegando y la semana que viene vuelta a empezar camino del pueblo, y esta vez sola con los dos monstruos.

Me siento cansada, se me ha ocurrido decir. Es que estar de vacaciones es agotador, ha corroborado Juanma en tono de chiste. Me siento cansada, he vuelto a repetir. Duermo mal. En Valcorza te recuperarás, allí hace fresco por las noches, ha dicho para animarme. Me iría al fin de mundo, me he callado, pero sin vosotros. Sola. ¡Qué calor, por Dios!, se ha quejado Juanma dando un trago largo a su copa de vino. ¿Qué vamos a cenar?

Me llamó la atención su nombre. ¿De dónde vienes, Enzo?, le pregunté el primer día de clase. Es un nombre italiano. ¿Eres italiano? No, mi abuelo era italiano. Por parte de madre. Se quedó en España después de la guerra. Se hizo un silencio incómodo. Ambos sabíamos lo que significaba políticamente hablando aquel detalle biográfico. Era un hombre extraordinario, añadió. Atesoraba historias increíbles, llenas de valor, de gestos marciales y generosos, de camaradas recordados con lágrimas en los ojos. Las ideas no se transmiten en los genes, añadió. Una estudiante de Biología debería saberlo. Incluso en primero. Nos caímos bien desde el primer momento. Esa misma semana me invitó a ver una película de Vittorio De Sica en la Filmoteca. Esa misma tarde nos dimos el primer beso.

Se marchó con una beca a Estados Unidos para terminar sus estudios en el California Institute of Technology, y se quedó allí trabajando. Nos carteamos. Me pidió que fuera a verle. Ese año conocí a Juanma. Y en el banco del parque acepté enamorarme de aquello que se parecía al amor. Hasta que hace unos días sonó el teléfono preguntando por mí. ¿Julia? ¿Julia Aenlle? Sí, soy yo. Hola, soy Enzo. Enzo Ruano. ¡Enzo!

Vuelvo para la cena. Vale, ha respondido desde la gruta de sus papeles. Me he puesto un vaquero y zapatos planos. Una blusa. Me he maquillado sin que apenas se note. El mejor maquillaje es el que no se nota, decía siempre mi madre. No quiero parecer un ama de casa arruinada por el matrimonio. Quiero que Enzo vea que soy feliz.

Le he enseñado el bultito a Rosa y me he ha dicho que vaya al médico sin tardar. ¡No me asustes!, me he quejado. Mi hermana es bastante hipocondriaca y cada resfriado le parece que es cáncer de pulmón. Se ha ofrecido a acompañarme y he buscado una excusa cualquiera para declinar su propuesta. No me imagino con Rosa en el médico. Nunca me ha acompañado a nada y no veo por qué tendría que hacerlo ahora.

Es la primera vez que tengo un gesto de complicidad de este calado con mi hermana. Desde el principio, desde que ambas hemos tenido conciencia de ser quienes somos, entre nosotras ha existido siempre una especie de impermeabilidad. Esto no quiere decir que nos llevemos mal, para nada. Nunca hemos discutido, al menos de adultas. No, no discutimos. Tampoco hay complicidad. Pero las dos sabemos que nos tenemos la una a la otra, sin necesidad de decirlo o de demostrarlo. Hoy, sin embargo, la he llamado y le he pedido que viniera a tomar café, y ha aceptado.

Estuvo hablando de Fernando sin parar. Que había ganado no sé cuánto y que se iban de vacaciones a no sé dónde, a un resort muy exclusivo, donde sólo van artistas, en Tailandia, creo. Hemos salido a la terraza. No ha parado de fumar. A Miguel y Sofía los mandamos de campamento, me ha contado, y después nos iremos todos juntos una semana.

Quiero que me des tu opinión, le he dicho, entra. Vamos a mi dormitorio. Ya sabes que no tenemos los mismos gustos, me ha advertido. Te vistes como una profesora de instituto, Julia. Perdón, no quería ofender, ha rectificado al ver la cara que ponía.

Tengo una hermana metonímica. Está empeñada en ser elegante, y se gasta una fortuna en ropa. Habla siempre en clave, sustituyendo los nombres comunes por apellidos. Mira qué Crew me compré el otro día en New York, baratísimo, ¡pero toca y verás qué algodón!, porque no sabe inglés, pero pronuncia New York. ¿Sabes que Helmut Lang tiene ahora ropa de Theory?, y me lo dice en el mismo tono y con la misma naturalidad que si me hablara del frutero. ¿Te gustan mis Laboutin?, me dejó caer una vez. Me quedé mirando los pendientes que no llevaba, y entonces estiró el dedo índice y señaló sus zapatos. Preciosos, le dije, espectaculares, y se quedó encantada. Mejor no te digo el precio, darling, añadió.

Enséñame lo que te has comprado, y se ha sentado en la cama esperando que abriera el armario.

Me he desabrochado la blusa. Ven, mira qué grano me ha salido. Entonces se ha puesto de pie. ¿Se lo has enseñado a tu médico?, me ha preguntado pasando la yema de los dedos por encima del bultito. Pues no, me pareció que no era importante. Me lo noté nada más volver de la playa, y ahí sigue. Pues tienes que ir al médico. No quiero alarmarte, darling, pero con estas cosas no hay que bromear. Si es un quiste de grasa, que te lo quiten y punto. Y no se hable más. Si dejas pasar el tiempo una tontería así puede convertirse en un problema.

Desde luego, vaya ropero que tienes, darling, ha añadido mirando al armario. Nos tenemos que ir de compras un día tú y yo. Conozco un outlet que tiene cosas divinas por nada. ¡Fito, Loren, que se va la tía!, les ha gritado desde la entrada. Ya me contarás cuando te haya visto el médico. Y se ha marchado como si tuviera mucha prisa. A Juanma no le he dicho nada. Para qué. No tiene importancia. Eso me hubiera dicho él también, no tiene importancia. Iré al médico cuando volvamos del pueblo. Rosa me ha hecho prometer que pediré hora esta semana sin falta.

No me ha costado nada localizar a Enzo desde el otro lado de la acera. Miraba hacia todos los lados. ¿Buscándome? He tenido miedo de que no me reconociera. Y casi a punto he estado de dar media vuelta. Ya de lejos, cruzando el paso de cebra, me ha recibido con la sonrisa franca y generosa del estudiante de primero de Biología. Sigue igual. Llevaba un pantalón azul y una camisa por fuera rojo coral. Siempre tuvo muy buen gusto para vestirse de sport.

Ya de cerca he visto que tenía algunas canas, pero no ha envejecido. Mejoró. Dejó su cara aniñada y la cambió por rasgos masculinos. Los mismos, pero ahora de hombre. Al acercarme se ha quitado las gafas y me ha recibido con sus ojos verdes y un abrazo. No me esperaba un abrazo. Ha sido un poco atrevido. Caradura incluso.

Estás igual de guapa, me ha dicho. Y entonces toda la ternura del joven que conocí en el aula magna de la Facultad de Ciencias me ha caído encima como el rocío, espabilándome y haciéndome volver a la realidad. Estoy horrible, le he contestado. *Captatio benevolentiae*, ha añadido ayudado por una sonrisa. Estás estupenda, espléndida. Cuéntame. Dime, ha insistido. Ponme al día, ¿cuándo cerraron el Alaska?

Hacía calor, a pesar de la vegetación. Hemos paseado y sin ningún esfuerzo las palabras han ido saliendo a borbotones, como si el tiempo no hubiera pasado. Y a saltos nos hemos ido contando la vida, a bandazos, así hemos hecho. Recordando el futuro y el presente.

Contar la vida como si se dejaran caer monedas en la alcancía del tiempo, con diferentes efigies y valores y, sin quererlo, terminar echando cuentas. Los viajes que soñamos juntos a la Patagonia y a Vietnam para un mañana que el amor hacía innecesario y cierto, hasta llegar a mi marido, los niños, el trabajo, la tesis doctoral que nunca acabé, los años, las arrugas. No seas tonta, seguro que te piden el carnet para venderte alcohol en las licorerías, me ha dicho para halagarme.

¿Estás casado?, le he preguntado. No. He tenido parejas más o menos estables, pero nunca me casé. ¿Más o menos estables?, he inquirido con curiosidad malsana. En todos estos años me ha dado tiempo de vivir. Entonces me he sentido ridícula, provinciana, y hasta me ha parecido que se burlaba de mí. ¿Y por qué no te casaste?, he añadido para ahondar en mi vergüenza y salvarme por exceso. Se ha quedado callado durante un rato largo; casi demasiado rato, y he tenido que insistir. ¿Y? Pues no sé qué decirte, la verdad. Fueron mujeres estupendas. Y me amaron, sin duda. Sospecho que soy un mal compañero. ¡Pero si eres una buena persona!, le he dicho, a menos que te he hayas transformado en Mr Hyde.

Y entonces se ha encogido de hombros poniendo las manos como si fueran garras y arrugando la cara para darme miedo. Me ha dicho que realmente pensaba que era un mal compañero. ¡Imagínate si me casara!, si soy mal compañero, peor marido. Hemos seguido caminando en silencio unos minutos tirando a la basura del pensamiento temas de conversación inútiles.

Enzo seguía pensativo. Entonces se ha parado y, mirándome a los ojos, me ha confesado que de verdad las quiso, que amó a esas mujeres, pero que nunca estuvo enamorado de ellas. Probablemente ésa sea la respuesta, Julia, ha concluido. Y hemos seguido paseando hasta que, a los pocos pasos, ha vuelto a detenerse y me ha mirado de frente. Nunca he vuelto a enamorarme. Eso me ha dicho.

Le he preguntado la hora. No se me ha ocurrido otra cosa que preguntarle la hora. En ese momento he sentido más vergüenza que en toda mi vida. Mucho más que cuando me hice pis en mitad del escenario durante la actuación de final de curso en primaria. Hacer el ridículo de esta manera. Disculpa pero tengo que volver a casa, sin añadir que a preparar la cena. No me he atrevido. Me muero. Enzo Ruano, el estudiante brillante y el hombre de mundo paseando por el parque junto a un ama de casa. Ésa era la escena.

Me ha dicho que lo había pasado fenomenal, pronunciado la ele de forma lejanamente extraña. Parecía un poco tonto al decir fenomenal de esta manera, pero creo que lo decía sinceramente. Se le veía feliz. La tarde ha sido un regalo, gracias. ¿Por qué me das las gracias?, le he preguntado. Y entonces se ha reído de nuevo y yo he vuelto a sentir vergüenza. Porque tú eres el regalo. Y lo he pasado muy bien.

Tengo que irme, le he recordado. Y sin esperar respuesta me ha dado un beso en la mejilla y se ha marchado a buen paso. Cuando se alejaba se ha girado con su sonrisa y sus ojos verdes y ha repetido lo del regalo. Un regalo, ha gritado, te llamo pronto. Te puedo llamar, ¿verdad? ¡Hablamos! Y ha desaparecido dejándome en mitad de la vereda conmigo misma.

He llamado a Rosa nada más volver del ambulatorio. Fui al médico esta mañana, como me dijiste. Y te ha dicho el médico que no es nada, ¿a que sí? Bueno, no exactamente, le he explicado a mi hermana. Me ha examinado, y ha concluido que probablemente se trata de un fibroma, pero que mejor que lo vea un especialista. Bueno, pues que te vea un especialista, que para eso están, así ha terminado la conversación con Rosa, y así te tocarán un poco las tetas, darling, que tienes cara de mendiga sexual, ha añadido. ¡Estás como para que los hombres te echen una limosna por la calle! Qué bruta eres, Rosa, le he reprochado.

Juanma es un buen chico, tú y yo lo sabemos, Julia, pero tiene muy poquita chispa. Te lo dijo mamá en el mismo coche antes de llegar a la iglesia, que también hace falta valor. Pues sí, he reconocido. A Juanma le falta un hervor, Julita, ha insistido mi hermana, y yo he cortado el hilo de la discusión en seco. No me refería a Juanma, sino a mamá. Lo recuerdo, sí, hace falta valor para decirme algo así minutos antes de llegar al altar, francamente. A mamá Juanma le pareció desde el principio un mequetrefe sin sangre en las venas, ha vuelto a la carga Rosa. Juanma es un buen hombre, Rosa, vamos a dejarlo, ¿de acuerdo?

A Fernando no le hace falta mucha ayuda, chica, en cuanto me ve en bragas y sujetador enseguida se pone tontorrón. A mi hermana Rosa le encanta detallarme sus intimidades a cambio de nada, porque yo jamás le he hablado de mis relaciones. Y vete tú a explicarle que no es el momento, ha insistido, oye, que entonces se viene arriba y cualquiera le dice que no. Termina con un humor de perros y no hay quien lo aguante. Aunque bien mirado, mejor así que no un pánfilo que pida permiso para tocarte el culo, ha concluido en clara alusión a Juanma.

¿Qué tal están Miguel y Sofía?, he preguntado para cambiar de tema. Insoportables, ha respondido Rosa. La verdad es que mis sobrinos son insoportables, malcriados y cortos. No suspenden más asignaturas porque no las hay, ha bromeado Rosa. ¡Por el amor de dios, Julia, suspenden hasta las actividades extraescolares!, que ya es decir, ha rematado.

El otro día me dijo el profesor de tenis de Sofía, que por cierto no está nada mal y me parece que le gusto, que por qué no probaba con otro deporte, que ponía mucho interés la niña, pero que otro tipo de ejercicio acorde con sus cualidades le permitiría desarrollarse con mayor plenitud, o lo que es lo mismo: que es una negada, vaya, eso me tendría que haber dicho en lugar de andarse con tanto rodeo. ¡Como me diga algo me lo llevo a la cama, Julia, que está estupendo!

¿Y Miguel sigue con el baloncesto?, le he preguntado. ¿Con el baloncesto? ¡Qué baloncesto! Hace meses que lo dejó. Cada semana cambia de parecer. Hoy le gusta una cosa, mañana otra, y al día siguiente ninguna de las dos. Como le pase lo mismo con las mujeres a saber cómo acabará. Montando una peluquería, me lo veo venir.

No seas cruel, Rosa, he reprendido a mi hermana, Miguel es un chico estupendo y muy afectuoso. Efectivamente, querida hermana, es un buen chico, pero tonto, qué le vamos a hacer. Miguel es tonto, Julia, si no fuera por la fortuna que pagamos en el colegio hace años que nos hubieran invitado a buscar un centro más adaptado, pedagógicamente hablando, a sus necesidades. ¡Qué bordes pueden llegar a ser los curas, de verdad!

¿Por qué no pruebas en un colegio público?, le he sugerido. Yo enseño en uno muy bueno. Si con los profesores encima del señorito no consigue aprobar ni una asignatura, imagínate en un instituto. ¡Exageras un poco!, he querido matizar. Tienes razón, ha reconocido mi hermana, la primera evaluación aprobó caligrafía, que eso se le da estupendamente, se aplica una barbaridad y le encanta copiar frases en el cuaderno, me da que terminará de escritor, o periodista, porque es tonto y escribe bien.

Bueno, darling, me voy a recoger a Sofía al tenis, ya me entiendes. Te cuento las novedades mañana. A ver si el guaperas me acompaña hasta la entrada. Ese monitor es pan comido. ¡Me lo como, Julia, y no dejo ni las uñas! Eres una bruta, Rosa, le he dicho. Llámame puta si quieres, pero dame pan, y lo demás, tonterías, boba, que eres una boba. Besos, hasta mañana. Yo también le he mandado un beso.

Encontrarme de nuevo con Enzo ha sido como sacudir el tronco de un árbol, que parece aferrado al suelo por sus raíces, pero allá arriba las ramas empiezan a temblar y dejan caer algunas hojas. Cuanto más alejadas de las profundidades del presente, más titilan. Me resisto a creer que una mujer con la vida hecha se sienta azorada de este modo ante un antiguo compañero de clase. ¡Han sido tantos los recuerdos!

La fascinación y el atoramiento del primer día en la facultad. Alguien se sentó a mi lado. Hola, soy Enzo, oí que decía. Y entonces me encontré con sus ojos verdes y su sonrisa y su pelo rizado, y el profesor me hizo volver a la realidad cuando empezó a exponer el programa de Fundamentos de Biología Celular.

Las mañanas perdidas en la cafetería hablando de música y de cine. Las tardes en su casa porque yo no podía invitarlo a la mía, y decía a mi madre que estaba estudiando con una amiga. Y los primeros besos repasando técnicas de laboratorio. Y los abrazos en el cuarto de Enzo cuando sus padres se marchaban de fin de semana y el terror ciego, apasionado y febril de trenzarnos por primera vez desnudos en su cama estrecha de estudiante de la que terminábamos siempre por caernos haciendo ruido y con risas. Su piel suave. El olor de su boca, de su pecho. Las ganas de romperme por dentro y dejar que el río del deseo se precipitara dando saltos entre hombros y piernas.

La torpeza insensata del amor sin saber todavía que aquello era el amor y todo lo que vendría después un arreglo, una pose, la capitulación sensata de los adultos. Una pantomima. La irrenunciable excitación de la vida cuando la vida ocurre por primera vez. ¿Y si hubiese acudido a su encuentro? ¿Y si hubiese tenido el miedo suficiente como para marcharme? Sólo los valientes tienen miedo, repetía mi madre cada vez que nos temblaba la voz ante la duda, los que viven detrás de la barrera, ésos, nunca tienen miedo. ¿Quién sería yo hoy? ¿Me habría casado? ¿Con Enzo? ¿Tendría hijos?

Ver a Enzo después de tantos años ha sido dulce, tierno y un poco triste también. Reconocernos en el tiempo que arruga nuestros gestos y espesa las palabras. Jugar a las adivinanzas con los ojos. Concederme a mí misma, a la madre que soy, la licencia de imaginar, al menos por unas horas, que la vida ocurre otra vez irrepetible, que está por estrenar, como unos zapatos nuevos que duelen de felicidad.

AGOSTO

Las verdaderas vacaciones empiezan en Valcorza. También para mí. La playa es un preámbulo, un aperitivo de sol y mar. Valcorza, en mitad de un océano de piedras, romeros, tomillos y genistas, tiene un río que parte el pueblo en dos mitades. Algunos veranos el Altán ha llegado a secarse, y las ranas y algunos barbos buscan refugio en remansos de agua que huelen a fango. Un árbol en Valcorza es un acontecimiento.

Loren y Fito vuelven a casa para comer. El resto del día andan por el pueblo. Tened cuidado, les digo cada mañana. Y salen corriendo sin responder. Juanma viene los fines de semana. Me quedo sola en una casa grande y destartalada, donde sólo se puede vivir en verano. Es fresca y duermo sola. Ésas son mis vacaciones. Dormir a mis anchas.

La primera mitad del mes que pasamos en el pueblo la dedico a limpiar y poner un poco de orden para instalarnos y, con apenas un instante para respirar hondo, la otra mitad sigo limpiando y ordenando para el año siguiente. Nada más llegar hay que abrir todas las ventanas para dejar entrar el aire y el sol y sacudir el olor a humedad. Hacer las camas.

Ni siquiera hago el esfuerzo de deshacer las maletas. Vacaciones para todos.

Recuerdo el primer verano que Juanma me llevó a su pueblo. En Valcorza no había mar, pero tenía al señor Decker, que vivía en una cueva y argumentaba filosóficamente las posibilidades del Barça para ganar la liga, vestido religiosamente con su camiseta de culé, como si fuera a dar misa y echarnos la bendición. Y el Tres Patas, que se pasaba las fiestas del pueblo con una pierna ortopédica debajo del brazo, dispuesto a contar el milagro de su pierna por un vermú, y una orquesta que tocaba rancheras y rock and roll encima de un remolque hasta muy tarde. Al final se murieron los dos, cambiaron la orquesta por una discomóvil, y el alcalde concluyó que había que construir una piscina. Dejamos de bañarnos en el río, de pescar cangrejos y oler a barbo. Ahora todo Valcorza, al volver por la noche a casa después de la piscina, huele a hospital.

Los días transcurren entre pequeñas compras para comer, que mis vecinos completan con verduras de su huerto, las siestas al abrigo del sol aterrador, leer un poco, cenar, salir a la fresca y charlar con mi vecina, la señora Aurelia, que cada noche me cuenta cómo fue Valcorza y repite nombres de personas a las que, sin estar, todavía se les oye discutir fuerte por sus calles si se tiene el oído atento, fiestas con petardos, bodas frustradas, muertes, viejas rencillas heredadas de padres a hijos y de hijos a hijos sin que se mueva un ápice el encono. En Valcorza no ocurre nada, pero todo puede suceder en Valcorza.

Hace ya semanas que me vi con Enzo. No ha vuelto a llamar. Mejor así. El pasado está bien donde está. Siempre me parecieron muy estúpidas esas parejas que se reencuentran al cabo de los años con pasión renovada. Reavivar viejos amores siempre acaba mal. Lo que ardió es mejor que permanezca reducido a cenizas.

Necesariamente porque esos amores se hicieron viejos también, y sus protagonistas ya no son éstos, porque al amor le salen arrugas y achaques igualmente y nos parece que ese joven estudiante de Biología con canas y barriguita es el mismo loco que se plantaba a las siete de la mañana en el portal sin dormir a esperar que mi padre saliera hacia el trabajo para llamar con la excusa de acompañarme a la facultad poniendo cara de niño aplicado con un fardo de libros bajo el brazo, sabiendo yo que volvía de toda una noche de juerga, y mi madre le preparaba un café con leche y unas magdalenas sin dejar de observarlo con el rabillo del ojo ni un minuto.

Me quedé con un montón de preguntas por hacerle. Sobre el presente y sobre el pasado. No paré de hablar de mi vida y de mis hijos. Y parecíamos conversar cuando, en realidad, yo estaba monologando mientras Enzo me miraba con una sonrisa. De nuevo me siento tonta. Doblemente tonta. Por todo lo que dije de más y por estar pensando en él ahora.

No hay rescoldos que reavivar en la vida, sólo nuevas mentiras para enamorarnos del amor.

Valcorza estaba rodeado de nada con un río en medio, pero nos lo pasábamos fenomenal. La operación de carga y descarga del Renault se repetía al llegar al pueblo pero de nada servían los gritos de mi padre ni las amenazas de mi madre. En cuanto aparcaba el coche en la placita junto a la casa, Loren y yo salíamos en estampida a comprobar si el río, el puente, la higuera del puente y el letrero con su nombre desconchado a pedradas, si el pueblo al doblar la esquina de nuestra calle, si todo seguía en su sitio. Regresábamos y ya estaba mi padre abriendo la puerta de casa y entonces se desparramaba sobre nuestros rostros el aire fresco de su vientre húmedo y rancio, y se reanudaban los gritos y las amenazas en balde porque subíamos las escaleras a empujones para llegar el primero y conquistar de un salto la cama junto a la ventana, anunciando la propiedad irrenunciable.

Y si por casualidad mi hermano llegaba antes importaba bien poco, porque entonces me caía por la escalera, me hacía daño y empezaba a llorar desesperadamente sujetándome la pierna, hasta que mi madre impartía justicia y reprendía a Loren su brutalidad y falta de consideración hacia su hermano pequeño. Una vez conquistada la cama, tocaba inspeccionar el granero y los tesoros, las cañas de pescar y los garrotes ya secos de ramas de olmo verde envueltos en las telarañas de todo un invierno.

Al abrir el ventanuco del granero un fogonazo de felicidad irrumpía en la penumbra para estamparse contra el suelo, y levantaba una nube de puntitos que flotaban en la luz como una constelación de estrellas minúsculas y naves espaciales y planetas con tres lunas.

Me puse a llorar en el granero todo lo fuerte que pude para recuperar la caña de pescar azul, pero ese verano mi madre no acudió en mi ayuda. Solté al aire una patada, sin alcanzar a mi hermano, y entonces Loren respondió con un puñetazo en

mi espalda. Dejé de llorar. Me quitó la caña. Escuchamos la voz de mamá exigiendo que volviéramos. Bajamos.
    Y esta vez no se enfadó con nosotros. Tampoco dio ninguna orden. Nos pidió por favor que subiéramos las bolsas del equipaje a las habitaciones. Hicimos lo que nos pedía sin rechistar y salimos a la luz cegadora de Valcorza inmóviles en mitad de la calle, sin saber hacia dónde correr. En Valcorza se podía ir hacia cualquier lugar porque todos los lugares eran Valcorza.

Estoy intrigada y un poco dolida y un poco ridícula también por este silencio suyo que hago mío y no me pertenece. Acaricio la tentación de disfrazarme de detective privado y llamar a Chano, su amigo del alma, haciéndome la tonta. Al oírme farfullando sin ninguna razón el nombre de Enzo al teléfono me desinflo y me enfado con mis ganas de saber. ¿Por qué ha vuelto a España? ¿Estará de vacaciones? ¿Para qué me llamó y por qué quiso verme de nuevo? No me costó mucho aceptar su invitación, la verdad. Sentí curiosidad. Y hasta cierta nostalgia.
    Tampoco soy de esas que acuden a los aniversarios de los exalumnos. Esas fiestas me parecen patéticas, prefiguraciones teatrales de futuros geriátricos. Pero con Enzo es diferente. No fue un compañero más. Yo había tenido otros amigos, escarceos, aventuras, desde bachillerato. Pero con Enzo sentí desaparecer el suelo bajo mis pies sin poder hacer nada para evitarlo. Hoy sé que lo quise porque me hizo daño perderlo y por el terror todavía mayor de consentirlo y

hacer como si nada, y construir mi vida enterrando a paletadas, y bien profundo, esas heridas. La felicidad sólo puede estar a la altura del dolor. Y, sin embargo, he sido feliz.

Ese verano conocí a una chica que no era del pueblo. Mi amigo Andrés dijo que había venido del extranjero, y yo argumenté que de tan lejos no se podía llegar hasta Valcorza. Todas las chicas que vienen del extranjero se quedan en el mar, concluí, para dejar las cosas en su sitio. Que yo las he visto. Y además no hablan español, porque en la playa sólo quieren jugar entre ellas y no entienden cuando les decimos cosas, completé mi argumentación con aplomo. ¿Y para qué iba a venir una chica extranjera a Valcorza? ¿Y por qué no se lo preguntas tú?, ¡listo!, me retó. Porque no me da la gana. Porque no te atreves, concluyó con desprecio.

Andrés es de Valcorza y vive todo el año en el pueblo. Somos amigos, pero siempre me quiere dejar bien claro que sabe más cosas que yo, que entiende más de mujeres que yo. ¿Le has dado ya un beso a alguna chica?, me preguntó nada más llegar ese verano. Me quedé callado. Yo sí, me confesó bajando el tono de voz. Y sin preguntarle nada añadió que a Belén, la de las tetas grandes.

¿Y en la playa no había chicas que se dejaran dar un beso?, insistió con aires de superioridad. He visto una culebra así de grande en el pozo del molino, lo desafié. Y le metí la lengua en la boca, añadió, como me dijo Félix que hiciera. ¿Y no te dio asco? No, pero sabía raro. Llevaba un chicle dentro y me lo pasó. ¡Eso sí que tiene que dar mucho asco! Y yo se lo devolví. ¡Qué guarrada!, ¿vamos a buscar la culebra?

Me voy a enterar de cómo se llama la extranjera y me la voy a ligar, afirmó Andrés con mucha convicción. Y me dolió mucho que quisiera ligarse a mi novia. Porque yo acababa de enamorarme. No tienes nada que hacer, le dije. ¿Porque tú lo digas?, preguntó con desdén. No, porque tiene novio. ¡Tú qué sabrás!, añadió dándome la espalda. Y además tiene muy mala leche. Como se entere de que te quieres ligar a su novia, te va a partir la cara.

¿Un novio extranjero? Los novios extranjeros son todos unos mierdas y no tienen ni media hostia. Y además me ligo a quien me da la gana, que para eso estoy en mi pueblo. ¿Y quién te ha dicho a ti que su novio es forastero?, insistí bravucón. Porque la niña rubita acaba de llegar y no ha tenido tiempo de ligarse a nadie, que lo sepas. Pues yo te digo que tiene novio, y está muy enamorado, que lo sé.

Enzo sigue sin llamar. No hago otra cosa que mirar el móvil cada cinco minutos. Soy una adolescente pendiente de que suene el teléfono. Si Juanma se da cuenta puede pensar de todo. Por absurdo que parezca. ¿Y qué explicación podría darle? Cualquier argumento sería mucho peor que la verdad, porque la verdad es que no hay nada ni razón alguna. Y eso es lo preocupante.

Me resulta increíble, a mis años. He repasado mil veces la lista de llamadas recibidas y sólo aparece un número sin identificar. ¿Por qué no quiso dejar huellas? ¿Qué tiene que ocultar? ¿Qué vino a hacer a mi vida para luego salir sin dejar rastro? ¿Por qué fue tan amable, tan exageradamente amable conmigo? Se trata de una cuestión de vanidad. No se cita así a una mujer casada, con hijos, en un parque para recordar viejos tiempos y se la deja abandonada, sin explicaciones, tal cual, con un beso y gritando de lejos que soy un regalo. Hay que ser un maleducado, o un caradura, o algo peor incluso.

Maldito Enzo, ¡cuánto te quise y con cuánta pasión he deseado olvidarte! Y ahora llamas a mi puerta y te abro sin pedir explicaciones, como una tonta. No te perdono todo lo que yo te quise, Enzo, porque he tenido que vivir con ese olvido a cuestas como una losa, y me hubiera gustado romper esa losa en mil pedazos con mis puños y poderte recordar, sí, porque tu recuerdo hubiese sido mi salvación. De haber podido soñarte y amarte no te hubiese echado de menos. Pero me empeñé en borrar tu nombre de mis labios, Enzo, y eso fue lo peor. El veneno que me ha ido consumiendo cada vez que cerraba los ojos y no te veía porque no quería verte.

Sin darme cuenta Loren y Fito se están haciendo mayores. Todavía forman parte de mi vida cotidiana algunos gestos imborrables. Olerles para ver si estaban sucios, y cambiarlos. ¡Cuántas veces les habré limpiado el culo! Y siempre he disfrutado cuando les dejaba los dos mofletes del trasero sonrosaditos y perfumados, con crema para evitar quemazones. El pañal limpio. La felicidad de sus ojos al dejar de sentirse incómodos por llevar sus cacas pegadas que les comían y sonrojaban la piel.

Mi madre, al final de sus días, volvió también a ser niña. Se hacía sus necesidades encima como una niña. Lloraba como una niña. Hablaba como una niña. Sentía miedo como una niña ante la muerte. Y yo tenía que consolarla. Y adivinar que se encontraba incómoda porque estaba sucia, y entonces arrinconar mi vergüenza, y sobre todo vencer la suya. ¡Cuántas veces habré cocinado puré de verduras con carne! Para los tres. Me faltaban manos.

Las primeras palabras. Los primeros colores. La tarde en que Loren descubrió el milagro de la lluvia sentado en su carrito, sin dar crédito a lo que estaba sucediendo. Porque el reto de vivir consiste en mirar con ojos atónitos y seguir sorprendiéndonos cada vez que la lluvia nos moja la cara. En eso consiste el desafío, en saber que se está vivo porque llueve y picotean sobre tu cara agujitas de agua.

El día en que Fito se quedó dormido en mis brazos y al despertar, con los párpados apenas entreabiertos, abrazado a mi cuello, balbuceó que me quería. Nadie me ha hecho sentir tan querida con un amor tan limpio. Con ese abrazo dormido he sido feliz para siempre, y nadie, ninguna circunstancia por adversa que sea, podrá oscurecer la inmensa dicha de su voz queriéndome para siempre.

Contarles un cuento. Acostarme junto a Fito por las noches hasta que se quedaba dormido. Oler su aliento de niño, perfumado. Despertarme por la noche sobresaltada porque oía lamentos, lloros, su voz reclamándome en la madrugada. La voz de Fito. La voz de mi madre. Loren enseguida hizo las noches enteras y apenas se despertaba. Una vez Fito me vomitó encima, enterita, una verdadera ducha de zanahoria, patata y ternera tibia. Mi madre también me vomitó una vez. Los dos tenían fiebre alta. Nunca jamás he visto a mi madre tan avergonzada.

¡Tantos gestos tragados por la corriente vertiginosa del tiempo! Llevarlos al colegio cerca de casa en el carrito. Primero a Loren. Después a Fito en el carrito y Loren subido de pie en la parte de detrás. Luego a los dos de la mano con Fito que apenas podía llevar el paso y terminábamos corriendo Loren, y yo con Fito en brazos, para no llegar tarde.

Sus primeros cumpleaños en los que se daban cuenta de su día especial y de su fiesta y de que podían pedir y protestar sin reprimendas. Cuando entraron en el dormitorio el día de Reyes saltando sobre la cama para anunciarnos a gritos que los Reyes Magos habían dejado un montón de regalos en el salón. Los primeros besos de Fito, dulces, pegajosos. Nada más delicioso que Fito besándome en la boca, mordiéndome la mejilla, mojándome los ojos y la cara con sus babas. Los deberes. Las notas. Loren masturbándose. Fito anunciando solemne que ya tenía novia.

Vuelven a casa. A saber dónde se habrán metido. Qué travesuras habrán hecho. No quiero ni imaginarlo. Los peligros que habrán pasado rozándoles. Toda la felicidad que irrumpe como un vendaval clamando que tiene hambre. Loren con su bigotito incipiente. Fito con su palo de jefe. El sol implacable de Valcorza se ha vuelto luz, casi amable, desvaneciéndose para dar la entrada a los violines y las ranas y los grillos y los barbos del río, porque si se escucha atentamente, se oye cómo los barbos se deslizan muy señores sobre el limo.

Loren y Fito cenan corriendo para volver a la noche de Valcorza. Yo les concedo una hora que negocian y que doy por hecho que incumplirán. Me enfado. Ahueco la voz de la autoridad pero ya están lejos y no me oyen. Recojo la cena antes de acudir al portal de la señora Aurelia y oír una vez más, otra vez, las homilías herejes de Casasús, o la historia de cuando Ambrosio el Renacido se cayó de la torre y empezó a oír las voces de los muertos.

Mi madre me decía siempre que no tuviera miedo a las chicas. Que les hablara. Que si me gustaba alguna se lo dijera. ¿Qué puede ocurrir?, nada, añadía. Entonces, háblales. ¿Y qué les cuento?, insistía yo, desesperado. No hace falta que les cuentes nada, me tranquilizaba. A las chicas no hay que contarles nada.

Enzo sigue sin llamar. Mejor así. La situación estaba pasando de ridícula a patética. Y sé que mi romanticismo natural puede alcanzar cotas melodramáticas altísimas. Fue bello volverlo a ver. Soñar de nuevo con los sueños, ingenuos y limpios.

¿Y cómo le digo a una chica que me gusta?, pregunté a mi madre. Diciéndoselo. Diciéndoselo, sí, ¿pero cómo? ¿Qué le digo?, insistí. Y entonces se lo dije. Y ella se me quedó mirando. ¿Me dices primero cómo te llamas? Fito, contesté. Hola, Fito, qué nombre tan raro.

Y entonces le expliqué que en realidad me llamaba Alfonso, pero mi abuela me llamaba Alfonsito, y como mi hermano no sabía hablar porque era tonto se quedaba en Fito, y al final todos me llamaban Fito, para enfadarse antes conmigo. ¿Quieres jugar conmigo al restaurante?, me propuso. Es un juego de chicas. ¿Por qué no jugamos a los exploradores? ¿Y qué quieres explorar, dime? Podemos ir a explorar el barranco de los dinosaurios. No sabía que hubiera dinosaurios en Valcorza. Los hubo. Hay huellas. Hay una gran cagada de dinosaurio petrificada en una losa de piedra. ¿Quieres que te la enseñe? Vale, muéstramela.

Y empezamos a caminar por la orilla del río hasta que el río se convirtió en un aluvión de piedras con serpientes y lagartijas. Ten cuidado, le dije, hay serpientes. No me dan miedo las serpientes, respondió muy segura. Bueno, pero si te ataca una me lo dices, que yo la mato para que no te pique. Bien, te dejaré que la mates. ¿Es por ahí?, quiso saber. Sí, ven, yo te llevo.

Llegamos a la gran losa de piedra sudorosos y con las piernas arañadas por las zarzas. Mira, le mostré con el dedo. ¿Eso es una mierda de dinosaurio?, preguntó sorprendida. ¿Cómo que una mierda?, protesté. No es una mierda cualquiera, es una mierda de dinosaurio fosilizada. ¿Y tú cómo lo sabes?, insistió poniéndolo en duda. Lo dice mi madre. ¿Y porque lo diga tu madre ha de ser una mierda de dinosaurio?, concluyó escéptica. Mi madre nunca dice mentiras. Los curas tampoco dicen mentiras, pero se pueden equivocar, eso lo dice mi padre. Bueno, si te lo quieres creer, bien, y si no, es tu problema, pero aquí está la mierda. Una mierda seca de verdad, sin duda, concluyó.

Y entonces me callé y me di media vuelta. ¿Me esperas?, dijo. Y yo la escuchaba detrás de mí seguirme a duras penas entre los pedruscos. Cruzamos el puente juntos. Adiós, Fito,

¿jugaremos mañana al restaurante? Es un juego de niñas, re-
petí. Hasta mañana. Hasta mañana, me despedí.

He descolgado sin prestar atención. ¿Sí? Hola, ¿cómo estás?, ha preguntado al otro lado del teléfono. Disculpa,
¿quién eres?, he dicho para ganar tiempo, para reprocharle
todas estas semanas de silencio, para hacer daño. ¿Tantos
almanaques recordándonos y en apenas unos días ya me has
olvidado?, ha añadido de buen humor. Soy Enzo. ¿Cómo
estás?

Le he dicho que estaba bien con toda la indiferencia de la
que era capaz, disimulando el temblor de las palabras que con
dificultad he conseguido hilvanar, estoy pasando unos días
en el pueblo. ¿Ahora tienes pueblo? El de Juanma, he aclarado. ¡Qué country te has vuelto!, ha exclamado Enzo para fas-
tidiarme. Eso me ha parecido, porque me he molestado.

Y tú, ¿cómo vas?, me he rehecho. Desbordado. Me hubiera gustado llamarte antes pero estoy aterrizando y trasla-
dar todas mis cosas —que tampoco son tantas, la verdad—
desde Estados Unidos a España es un poco de lío. ¿Te vas a
quedar a vivir en España?

Enzo me ha contado que se había cansado de la presión
en su trabajo, que estaba muy bien, que era fascinante, que
había ganado mucho dinero, que había alcanzado reconoci-
miento profesional, pero que ahora tocaba vivir, y ya no
sólo con algo más de calma, sino tener tiempo para dedicár-
selo al tiempo y navegar sintiendo su corriente. Algo así me
ha dicho. Me ha parecido hermoso lo que decía. Sorpren-

dente porque el tono habitualmente dicharachero y frívolo de Enzo se había vuelto solemne. Casi pomposo.

Me ofrecieron un puesto tranquilo en unos laboratorios y acepté. El piso que acabo de alquilar, me ha dicho, es soleado y de techos altos, con grandes ventanas, con un suelo de baldosas flotantes precioso. Y lo ha descrito como si hablara de un lugar para compartir y convencerme. Me gustaría enseñártelo. Está vacío, tengo que comprar muebles, ¡pero tranquila, que no voy a pedirte que me ayudes a elegir cortinas!, ha apostillado recuperando su tono jocoso, porque recuerda que detesto las cortinas. Odias las cortinas, ha terminado su frase, ya sabes.

Y de repente me he sentido incluida en un espacio extraño sin pedirme permiso. ¿Cuándo quedamos?, ha insistido, y le he recordado que estaba fuera de vacaciones. ¿Cuándo vuelves? Dentro de unos días, he contestado arrepintiéndome. Pues te llamo la semana que viene. Vale, he asentido. Vendrás a ver el piso, ¿verdad?, ha preguntado sin esperar respuesta. Y esta vez me he callado para aceptar. Un beso, se ha despedido. Y me ha besado.

¿De dónde vienes tan pensativo?, preguntó mi madre. De jugar con mi novia. Vaya, no me habías dicho que tuvieras novia. Pues tengo una. ¿Y a qué habéis jugado? La he llevado a ver la mierda fosilizada de dinosaurio. ¿Hasta tan lejos? Es que no le dan miedo las serpientes. Tienes una novia muy valiente, por lo que veo. Pues sí. ¿Y cómo se llama tu novia? Entonces me quedé unos segundos pensativo buscando en el cielo de

de un golpe. Yo me encargo, acude Rosa en mi ayuda. Le quito a Loren las zapatillas y lo mando al despacho de Juanma con la orden de no moverse de allí. Sus primos lo acompañan. ¿Podemos jugar con el ordenador? Sabe que no me gusta que pase tanto tiempo delante del ordenador. Sí, cedo, pero deja jugar también a tus primos.

Suena el timbre. Llega una madre a buscar a Sara. ¡Sara!, grito. Sara, que ha venido tu madre a buscarte. Sara protesta. Camina hacia la puerta. Le lleno un vaso de plástico con chuches y le ofrezco un globo azul. En ese momento suena el timbre de nuevo. ¡Félix!, voceo. Poco a poco la casa se va vaciando de niños.

Hemos encerrado a Fito, Loren y sus primos en la cocina con unos sándwiches. Entretanto, vamos llenando una bolsa de basura con vasos sucios, una menestra de gominolas, patatas fritas, pastelitos salados llenos de pelos, un bombón masticado.

Deshinchamos los globos mordiéndoles el nudo. Descolgamos las guirnaldas. Rosa pasa el aspirador, yo la fregona. ¿Te ayudo a colocar los muebles?, propone Rosa. No te preocupes, yo me encargo un poco más tarde, cuando se seque el suelo. Bueno, ya pasó, me consuela Rosa. Ya pasó, repito. Hablamos. Hablamos, le digo.

Fito está nervioso. Le cuesta dormirse. Mamá cuéntame un cuento como cuando era pequeño, me pide. Estoy un poco cansada, Fito. ¡Por favor, mami!, insiste. Me tumbo a su lado. Le susurro la historia de Pulgarcito. ¡Otra, ésa no!, protesta Fito. A callar y duérmete ya. Estoy agotada. Cierro los ojos. Le beso el moflete. Le paso el brazo por encima. Fito se da media vuelta. Al momento su respiración se hace pausada y profunda. Acompaso mi respiración con la suya.

El miedo no tiene color, es de todos los colores. Pero no negro o azul o amarillo o anaranjado. De niña hacíamos un ejercicio en el colegio que consistía en pintar en un círculo los colores básicos, que luego hacíamos girar. Al mezclarse unos con otros, todos los colores juntos se volvían blancos. Con el miedo sucede algo parecido. No tiene color.

Basta con que el silencio dure apenas un poquito más de la cuenta, que al mirar de reojo observe a Juanma con la mirada perdida y vuelva con una sonrisa o un chiste. Las sonrisas del miedo tienden a la exageración, a un comedimiento chirriante, a una normalidad tensa.

Todos a mi alrededor quieren ser normales. Innecesariamente convencionales. Hasta rudos cuando no hace falta, para demostrar que la enfermedad no ahuyenta su mal humor. Eso al principio. Porque luego, con el paso de los días, los miramientos del principio se van desvaneciendo y el mal humor recupera su aspereza original.

O excesivamente amables, insultantemente compasivos. Luego están los divertidos, los que se empeñan en contar su chiste sin que nadie lo pida, para animarte. Y una vez que empieza a girar la rueda el miedo pierde los matices y los colores. Tampoco es blanco. No tiene color.

Por eso quiero ir sola al médico a recoger los resultados. No quiero que nadie, y menos Juanma, me acompañe. Para qué. Ya conozco la respuesta. Sé que tengo cáncer. No necesito que nadie me lo diga. El martes no estaré en la consulta del médico para que me lo repita. Voy para hacer preguntas y saber. Lo que necesito es saber. Y mi lista de preguntas no es muy larga, la verdad, pero es mi lista y de nadie más. Y las respuestas las quiero escuchar yo sola. No quiero el miedo de nadie a mi lado, me sobra con el mío.

Mi hermana está empeñada en venir conmigo y sólo la idea de tenerla a mi lado sin parar de hablar me pone los pelos de punta. Vendría a la consulta del médico y me asesoraría como si estuviésemos en un probador comprando en las rebajas. No, por favor.

Y Alejandra, mi querida amiga Alejandra, que cuando le dije que tenía un bulto en el pecho y me habían hecho una biopsia se me quedó mirando con ojos escépticos. No puede ser, añadió, a mí eso no me va a pasar, quería decir; y también se ofendió porque le dije que mejor que me acompañase en otra ocasión, en otra ocasión vendrás para que veas que tú no vas a tener cáncer, Alejandra, no te preocupes, tú no te vas a morir nunca.

Y Juanma para qué, si el pobre no se entera de nada. Se me queda mirando con sus ojitos de hombre bueno y trata de sonreír con la cara deformada, con la mirada de terror por un lado, a tumba abierta, buscando algo donde mirar, y la sonrisa arqueada hacia abajo y torcida hacia arriba como si estuviera posando para una foto de compromiso, sin saber dónde poner las manos, sin atreverse a tomarme la mano porque hace años que ya no nos tocamos ni las manos.

Mamá no paraba de regañar a todo el mundo. Se sentaba en el sofá y dejaba que la tía Rosa nos sirviera refrescos. Después traía la tarta de chocolate. Me puse delante de la tarta y el Sebas me empujó. Y yo le di un puñetazo. Y mamá se enfadó conmigo en lugar de enfadarse con el Sebas. Y además sopló y se apagaron todas las velas. Mamá tuvo que encenderlas de nuevo. El Sebas era tonto.

Me cantaban el cumpleaños feliz y apagaban todas las velas de un golpe y me pedía un trozo grande de tarta y mi madre me lo daba a mí el primero, que para eso era mi cumpleaños. Todos mis amigos comían tarta y les gustaba, menos Félix, que estaba muy gordo y había dicho su madre que tenía prohibido el chocolate, pero mi madre le daba un trozo más pequeño que a los demás y Félix se ponía muy contento y un poco más gordo, pero eso no importaba porque ya estaba muy gordo y por un poco más no lo iba a notar su madre. Lo que pasaba es que se había limpiado la mano en la camiseta y se había dejado un chorretón de chocolate y entonces sí que se iba a enterar su madre, y seguro que se enfadaba con Félix el gordo por ponerse más gordo en mi cumpleaños.

Me hacían muchos regalos. El que más me gustó fue una nave de Star Wars que me trajo Sara. Le pregunté si querría venir otro día para construirla juntos y me dijo que sí. Después el Sebas se metió en el cuarto de baño con Sara y no quería abrir la puerta y entonces me puse a gritar con todas mis fuerzas y mi madre se enfadó otra vez, y entonces mi tía Rosa dijo que ya venía ella y me ayudó a sacar a Sara del cuarto de baño y le di una patada al Sebas y entonces quiso tirarme del pelo pero mi tía Rosa no le dejó.

Al final se fueron todos y cenamos con mis primos en la cocina. Luego, mis primos y mi tía Rosa se marcharon también y nos fuimos a la cama. Mamá se tumbó conmigo y yo le dije,

ponte aquí, mamá, que estás muy cansada, y se acostó y se que-
dó dormida. Y luego yo también. Y entonces me atacaron los
monstruos.

Trato de recordar el momento en el que dejamos de andar
por la calle de la mano. La primera vez que le permití hacer sin que yo tuviera ganas, para que me dejara tranquila.
Me pregunto cuándo dije que no y me negué, porque no
podía más, porque ya no soportaba que se me echara encima. Juanma se calla. Hace años que ya no pide, ni me toca,
ni se me acerca. Hace años que ya no necesito poner ninguna excusa. Ambos sabemos y los dos aceptamos haber
perdido la partida sin abrir la boca. Juanma es un buen
hombre.

Hubiera necesitado una mujer más atenta, más complaciente, más conformada. Y el caso es que he sido feliz. Le
agradezco haberme engendrado dos hijos que son mi vida.
No se merece esto. Hace lo que puede y más, sin quejarse.
Después de Loren todavía transcurrieron unos años de comunión, de afecto, de sexo.

Con Fito fue el principio del desmoronamiento, la pér-
dida de apetito. Hasta que me fue indiferente. Al principio
creí que lo seguía amando. Que el paso de los años hacía
mella, pero que aquello que me dolía con resquemor ahoga-
do era todavía amor. Un amor torpe, desgastado, con des-
conchones, tullido, pero amor a fin de cuentas.

Cuando niña miraba a mis padres y estaba segura de que
se querían, a pesar de los años y de las vicisitudes de la vida,

y del cansancio, y yo siempre quise amar como mis padres se amaron. En silencio. Sin aspavientos.

Por eso el amor terroso y seco que cada noche me quitaba de la piel bajo la ducha me parecía que era amor. Hasta que Juan Manuel empezó a darme asco. Me avergüenza decirlo, me humilla, me siento injusta y cruel. Pero no lo puedo evitar, me da asco, ya no soporto su olor. De novios me gustaba cómo le olía el cuerpo, cada rincón de su cuerpo.

Me enamoré como una tonta, en un seminario del doctorado. Me encantaba acurrucarme a su lado y hacer el amor y volverme a acurrucar olfateando sus axilas como una gata en celo. Me fascinaba el dejo edulcorado de su sexo. Y me parece hasta mentira que al mirar hoy a ese hombre al que yo he querido tanto, que he deseado, amado, por el que hubiera dado la vida, me desagrade hasta su aliento.

¿Cómo ocurrió? ¿Cuándo? ¿En qué momento se agrió la felicidad? ¿Qué convirtió el amor en lo peor que el amor puede llegar a ser? ¿Desde cuándo Juan Manuel me da pena y afecto? Hubo unos años de duda, en los que no sabía distinguir entre la pena y el amor. Pensaba que aquella tristeza desbocada que me subía hasta la garganta sin dejarme respirar era amor.

Y con el primer desengaño, la primera vez que me negué sin dar explicaciones ni buscar excusas, descubrí que Juanma no me daba pena. Entonces empezaron las ganas de vomitar. Hay quien lo llama desamor. Pero no, son náuseas. Nada más.

Y luego vino el asco. Juan Manuel merecía una mujer más dócil, más complaciente, que lo admirase y amase por lo que era, sin mayor pretensión que la de ser feliz a su lado para siempre. Y envejecer juntos de la mano, en silencio, como hicieron mis padres, sin alharacas, sin grandes fiestas, sencillamente felices. Una mujer que lo hubiese acompañado como su mujer, sin peros. Una madre también. Una madre para Juan Manuel y para sus hijos y hasta para sus nietos. Una mujer sin cáncer.

¿Conoceré a mis nietos? ¡Qué pregunta tan estúpida! Habría que empezar preguntándose si Loren y Fito se casarán. Si tendrán hijos. Si serán capaces de ser felices o se rendirán como otros hemos hecho, cabizbajos y mudos, en la retaguardia de la vida.

NOVIEMBRE

Los resultados los tiene el doctor Arribas. Estaba convencida de que tenía que recogerlos y llevarlos en mano. Hubiera preferido no saber pero he sabido, sin necesidad de abrir el sobre, porque los pacientes curioseamos en ese intríngulis de nombres indescifrables. Respira todo el aire que puedas, Julia, me he dicho.

En la consulta había mujeres de todas las edades. Una de ellas era muy joven. Todas estaban expectantes. A la mayoría de ellas las acompañaban sus maridos, una hermana. La chica joven estaba sola. Todas tachando el numerito del cartón y deseando con todas sus fuerzas no cantar bingo.

Todas ojeamos revistas de mujeres salvo la chica joven, que se ha traído un libro. Esas revistas que nos dicen cómo tenemos que ser, cambiar, adaptarnos a los tiempos, ser modernas sin dejar de ser madres, de gustar a los hombres, de seducir a nuestros maridos en el día a día para el día siguiente y para el otro. Para toda la vida.

Una mujer de unos sesenta años lleva una falda exageradamente corta. Se sienta con las piernas cruzadas. Trata de bajarse un poco la falda. Enseña los muslos. Para su edad

89

tiene bonitas piernas. Lleva una blusa muy escotada. Dos anillos en la mano izquierda y otro en la derecha. Un brillante y una piedra. Bisutería fina. Con dinero pero moderna. Podría ser jade. Un jade lechoso. La acompaña su marido. Discreto, elegante. Espera en la consulta como si la cosa no fuera con ella. Pasa las hojas del *Vogue* nerviosa, presa del pánico, intentando disimular. Una mujer de buen ver y con recursos no tiene cáncer. Se cuida, está en forma. Una mujer estupenda y con esas piernas, que muchas jovencitas matarían por tener, no se puede morir. Porque se mueren siempre los otros y los de más allá. Pero una mujer con esa falda y esas piernas, no.

El miedo tiene un olor especial, dulzón y afilado. Lo saben bien los perros, que ladran y aúllan cuando olfatean su aire espeso. La consulta apesta. El popurrí de perfumes que inunda la consulta no puede apagar el tufo a miedo. Nadie mira a nadie. Cada mujer con su revista. Cada marido se pierde en detalles imposibles. El extintor junto a la puerta, un bosque canadiense en otoño, el Empire State en construcción. Juanma está empeñado en conocer las ventajas de la depilación definitiva con láser.

La desesperación hace que el infierno pueda convertirse en una buena noticia. Tiene usted cáncer, pero tranquilícese, no hay metástasis, la curaremos. Cuando cantar una línea es una buena noticia. Tiene usted cáncer. Es un cáncer raro, agresivo. Haremos todo lo que esté en nuestras manos, pero tiene que luchar con nosotros.

He dicho a Juanma, que se ha empeñado y al final ha venido, que prefiero entrar sola.

Ha sonado el móvil y era Enzo. He tenido que colgar. Juanma me ha preguntado que quién era y le he dicho que mi hermana. Ahora no tengo ganas de aguantar sus rollos, he añadido para zanjar el asunto. Lo llamaré luego, he pensado.

Todavía no me atrevo a contarle lo que me está pasando. Tendré que decírselo. No sé si es importante, ni si tengo que hacerlo. La cuestión es si quiero compartirlo. O mejor incluso si debo compartirlo con Enzo, un recién llegado. ¿Cómo terminará todo esto? ¿En qué lugar del rompecabezas de mi vida voy a colocar a Enzo? ¿Dónde querrá estar él, si es que quiere estar en algún sitio?

Tal vez salga corriendo atemorizado con cualquier excusa y nunca más vuelva a saber de él. Sería comprensible. Apenas compartimos el recuerdo de un amor casi adolescente, conversaciones nostálgicas entre sorbo y sorbo de café, unas cuantas tardes de paseos y de cine. Nada. Confetis pisoteados en una fiesta a punto de terminar.

¿Qué puedo reprocharle? Todo lo contrario. Ha sido hermoso volver a encontrarnos. Nos hemos regalado un poco de felicidad sin pedir nada a cambio. Basta con dejar que se aleje por el paseo de castaños de indias y guardarme el cariño y la nostalgia otra vez. Vivir para que la vida continúe. Con mi marido y mis hijos. Es lo que soy, una mujer con dos hijos y un marido. Y cáncer.

Gracias, Enzo. Imagino su gesto de sorpresa. Gracias de qué, me dirá. Gracias por existir. Y entonces pondrá cara de póquer y guardará silencio y me mirará atento escudriñándome con sus ojos verdes, y yo le contaré y se acabó la historia. Llamará una vez. Y pasarán los días y volverá a llamar. Y cada vez habrá más días que inflen las velas alejándolo en el horizonte, hasta que el futuro se convierta en una línea sin relieve y azul. Y silencio.

Buenos días, Julia. El doctor Arribas me ha recibido sentado y con mi historia abierta sobre la mesa. Malas noticias, ¿verdad?, me he adelantado. Los exámenes han identificado un tumor relativamente pequeño, de uno coma cuatro. ¿Qué malignidad, doctor? Todavía es prematuro para aventurar un pronóstico, pero aparece bien delimitado. ¿Y ahora qué?, he abierto un signo de interrogación buscando los ojos del doctor Arribas, que no se despegaban de la mesa. Vamos a extirparlo con cirugía, pero antes completaremos los exámenes para comprobar que no hay extensiones a otros tejidos y, a continuación, comenzaremos con la quimioterapia.

¿Cuándo me opera? En cuanto completemos las pruebas del preoperatorio. La mantendremos informada y la avisaremos con tiempo. Hasta entonces haga vida normal y esté tranquila. Vida normal, me he repetido para mis adentros, y se me ha tensado el rictus del miedo en forma de sonrisa. Así me gusta, Julia, ha tratado de animarme con esa cordialidad hueca y profesional de los médicos, tiene un buen pronóstico.

¿Qué posibilidades tengo?, he preguntado al doctor Arribas, de unos cuarenta años, con gafitas de empollón y unas entradas pronunciadas que pronto se convertirán en calvicie. Fuma, tiene los dedos amarillos. Es difícil de predecir, me dice. Vamos a esperar a la operación, a los análisis patológicos del tumor. Si tengo margen, estoy dispuesta a aceptar el reto, pero me niego a morir engañada. Cuento con una marca de fábrica inmejorable: mi madre murió también de cáncer de mama y fue muy duro. Horrible. Prolongaron su agonía innecesariamente.

No quiero pasar por ese suplicio. Nos aferramos a la esperanza de manera irracional. Ya le digo que es difícil hacer una predicción ahora, repite el gafotas empollón. No se moja ni a la de tres. Ni que fuera yo su amante y le estuviera pidiendo que dejara a su mujer para casarse conmigo. Capullo.

¿Cuándo perdió a su madre?, me pregunta. ¿Y eso qué importa?, respondo. Importa porque la investigación en oncología ha hecho grandes progresos, tenemos nuevos fármacos y ahora adaptamos las combinaciones químicas a cada paciente.

Quimioterapia a la carta, vaya, puntualizo. No me van a matar de menú, añado. El gafotas empollón arquea las comisuras insinuando una sonrisa. Es usted una mujer muy entera, añade antes de que la sonrisa se convierta de verdad en una sonrisa. Contesta a mis preguntas sin levantar la vista. Está en buenas manos, añade para tranquilizarme.

¿Me quitarán el pecho?, pregunto. Le he propuesto una mastectomía total si fuera preciso. Qué más da, le he dicho, tengo poco pecho. Si eso ocurre pensaremos en reconstruirle la mama, haremos lo posible por minimizar la agresión.

Entonces me fijo en sus manos y pienso que esas manos han de tocarme. ¿Me dejaría tocar las tetas por un hombre con esas manos?, pienso. ¡Empiezo a hablar como mi hermana! Se corta las uñas rectas y esto le hace las puntas de los dedos un poco cuadradas. Tiene las yemas respingonas y la piel de las manos pálida. Lleva alianza. En las falanges le crecen pelos. No para de juguetear con un bolígrafo. Me hubiera gustado celebrar los Reyes en casa con mis hijos. No se preocupe, lo hará, me ha asegurado. Es mejor no demorar la intervención. No debemos esperar, reservo ya el quirófano.

Así debería ser el amor, igual de urgente. No podemos esperar, he reservado el hotel para dentro de unas horas. Me hago cargo de su preocupación, pero le repito que está en las mejores manos, añade sin esperar respuesta, dándome a entender que la consulta ha terminado, que esperan otros pacientes. La enfermera le informará de todo. Se levanta y me tiende su mano desvaída de uñas cuadradas y respingonas. Apenas siento la fuerza de sus dedos. Jamás me dejaría tocar las tetas por un hombre con esas manos.

Le he deseado buenos días, y el doctor Arribas ha repetido la fórmula de manera automática arrepintiéndose a la zaga de sus palabras. Descanse, ha añadido tratando de enmendar su torpeza, mucho ánimo. Gracias.

La vuelta a casa ha sido un poco precipitada. ¡Está pasando todo tan rápido! Por momentos tengo la impresión de vivir en un sueño. Todavía no termino de creérmelo. Como si esto que me está sucediendo a mí le ocurriera a otra mujer. Tengo la impresión de ser espectadora de una película en la que los actores y las actrices se parecen mucho a nosotros.

La protagonista es clavadita a mí y se llama Julia. Y le dicen que tiene cáncer. Y se queda paralizada sin saber qué responder. Sale de la consulta del médico. Su marido la espera fuera. No se entiende por qué su marido espera fuera sin acompañarla. Debería haber estado a su lado. Haciendo preguntas al médico. Sujetando la mano de su mujer con ternura, con firmeza, dulcemente. Ella sale de la consulta del médico. El marido se levanta y deja la revista. Ella le hace un gesto indicándole que se siente, que no ha terminado. Todo sin decir una sola palabra. Los matrimonios ya no necesitan palabras, pueden hablar con los ojos.

La mujer, Julia, entra en el despacho de la enfermera. Al cabo de un rato, que se hace inmenso pero es poco tiempo, sale con una carpeta bajo el brazo y entonces sí, el marido se levanta y salen juntos de la consulta del médico. Esperan el ascensor, callados, no se miran. Comienza el descenso. Salen a la calle y empiezan a caminar.

Julia, ¿dónde vamos?, pregunta el marido interrumpiendo el silencio. A casa, responde ella, ¿dónde vamos a ir? Es en la otra dirección, contesta el marido. Pero Julia no se detiene. Sigue andando. El marido sigue a su lado, caminando a ciegas, sin decir palabra. Julia mira al frente y avanza con paso decidido. Las lágrimas se le desparraman por el rostro.

Fito se había quedado dormido en el sofá delante de la televisión. Loren jugaba a la Play. He dado las gracias a Rosa. No seas tonta, ha dicho excusando mi gratitud. Rosa me ha acompañado siempre a su manera, mirándome crecer a su lado. Me pregunto quién se marchará antes, aunque dadas las circunstancias tengo el cartoncito con bastantes números tachados. Todo parece indicar que seré yo quien cante bingo la primera. Quién sabe. Nadie sabe. La muerte es algo que suele suceder a los vivos. De momento sigo mirando a mi hijo dormir. Eso es lo que cuenta. Juanma está esperando en doble fila.

Me gustaría tumbarme en el sofá. Dejar la televisión encendida. Y dormir como duerme Fito. Que viniera mi madre y me cogiera en brazos y me llevara a la cama. Y yo me daría cuenta y seguiría haciéndome la dormida para sentir sus brazos sujetándome.

Todavía recuerdo el olor almibarado de mi madre. Lo último que hice fue oler sus ropas antes de sacarlas del armario y meterlas en una bolsa de basura. Ahora puedo decir que lo hice con rabia. Echándole la culpa de haberse muerto. Tiré toda su ropa a un contenedor a modo de castigo, para darme prisa en borrar su perfume, como si echara gasolina en la hoguera del olvido. Y nada más ver caer las bolsas en el montón de basura ya estaba lamentándolo. Y rompí a llorar en mitad de la calle y de la noche.

Para eso se olvida. Para seguir recordando sin tener que dar cuentas, a tumba abierta. Echando el olor de mi madre en el olor de la basura. Hacer sitio para que la vida pudiera continuar sin ella. Para odiarla y soportar vivir sin ella.

He sujetado a Fito en mis brazos, como mi madre hubiera hecho conmigo esta noche. ¡Cuánto pesa ya el condenado! Ha abierto un poco los ojos tratando de agarrarse a mi cuello pero sus brazos se han desplomado. Ahora soy yo la madre, y no voy a morirme.

No voy a permitir que mi hijo crezca solo. Que se haga un hombre sin mí. Quiero acompañarlo hasta que al gusano le salgan pelos en el pecho y, cuando quiera darse cuenta, se ruborice si su madre entra en el cuarto de baño sin llamar a la puerta o encuentre preservativos en el bolsillo de su pantalón o pretenda sentarlo en su regazo y estrujarlo y besarle la barba rasposa.

Aquí me voy a quedar, mi amor. Aquí me voy a quedar.

Me falta tiempo para estar enferma. Debo preparar la vuelta al cole de Fito y Loren. Recoger algunos libros de texto, pagar el seguro escolar y la cuota de la asociación de padres. Comprar unos pantalones para Fito, porque ha crecido de repente y se le ven los tobillos cuando se pone los vaqueros. Y zapatillas de deporte para los dos. Y una mochila para Loren, que es un destrozón y la del año pasado está hecha trizas. Tengo que cambiar sus literas por dos camas. Cualquier día Loren se cae encima de Fito y lo aplasta. Hay que renovar la cuota de la piscina y las clases de judo. Dice Loren que quiere aprender a tocar la guitarra.

He pensado en cambiar el salón. Me canso de ver los muebles en el mismo lugar. Juanma se queja. Siempre estás cambiando las cosas de sitio, protesta. Habría que comprar otra lavadora. Hemos gastado más en reparaciones que lo que cuesta una nueva. Tengo que ir al supermercado y dejarles café y leche y cereales y pizzas. Tengo que recoger la ropa seca del tendedero. Voy a preparar unos macarrones con tomate, para que todos estén contentos. No tengo tiempo que perder. No hay tiempo.

El mundo está dividido en dos mitades. En esta orilla los sanos, y al otro lado del horizonte los enfermos. Y los sanos piensan que la enfermedad y la muerte atañen siempre a los de más allá, en un territorio indefinido e incierto, ajeno y lejano. En realidad, yo no tengo cáncer. Es Julia la enferma, la otra Julia, la que se va a morir. Yo no me voy a morir.

Siéntate Julia, me ha dicho mi hermana. ¿Estás sentada? Y he seguido al teléfono sin decir nada, un poco asustada. Fernando me está poniendo los cuernos. Vaya, he respondido. ¡¿Cómo que vaya?! ¡¿Vaya es todo lo que se te ocurre decirme?! ¿Y cómo lo sabes? ¿Cómo te has enterado? ¿Quién es?, me he alejado clavando un empalizada de preguntas. Lo sé y basta y Fernando es un cabrón, y tú siempre te pones de su parte. Y me ha colgado.

Un día mamá nos dijo que la tenían que operar. ¿Del culo?, pregunté, ¿como al tío Ramón? Entonces mamá se echó a reír primero y luego añadió que tenía cáncer. Cáncer de pecho. Te pondré un poco de Vick VapoRub y se te pasará, ya verás, le dije. ¿Y duele? No, no duele. ¿Y me lo puedes pegar? No, no te preocupes, es una cosa que sólo les ocurre a las personas mayores. No me importa que me lo pegues, mamá, le advertí, porque voy a seguir dándote besos. Te puedo dar besos, ¿verdad? Claro, ven. Y entonces nos quedamos un momentito abrazados. Mi madre me daba muchos besos en el pelo y en la frente y en el moflete. Olía muy bien, a talco y a mamá.

Cuando se acostaba a mi lado por las noches me gustaba hacerme el dormido para que no se moviera, y cuando ya se quería ir la agarraba y se quedaba un poco más, hasta que me dormía con su olor a macarrones con tomate, a pizza, a macarrones con queso gruyer, y a veces a crema de calabaza, pero eso no me gustaba, y a talco, eso sí que me gustaba.

Y si me despertaba por las noches, también acudía. Me gustaba despertarme por las noches para que viniera. Me traía un vaso de leche. A veces lloraba de verdad porque los monstruos de los sueños me daban miedo. Entonces mi madre me decía que le contara el sueño para que se fueran los monstruos y yo le contaba mi sueño todavía medio dormido. Es una montaña negra con una serpiente y una bomba muy gorda y la venenosa serpiente mata a la bruja y sale la sangre por aquí y por aquí y lo pone todo perdido y entonces la mata con una espada así el caballero que viene para salvar a los niños de la cueva, que están dentro y no pueden ver a sus mamás ni a sus papás, y la sangre de la serpiente es verde porque los venenos son verdes, sí, y luego todos los niños se van corriendo a casa de su mamá y de su papá para la fiesta y ven la tele. Y entonces ya no me acuerdo de nada porque me he dormido otra vez. Así era el sueño que mi madre había anotado en su cuaderno.

Hubiera tenido que divorciarme hace tiempo. Y no ha sido por falta de valor. Tampoco por falta de ganas. Dicen que los pequeños son más lanzados. Rosa tiene dos años menos que yo. Rosa es una descerebrada, siempre lo fue, pero el caso es que Rosa se tira a la piscina. Dice que se divorcia y se divorcia. Y le va a hacer la vida imposible a Fernando. Seguro. Pobre Fernando, es un hombre fácil de llevar, pero con Rosa al lado cualquier empresa se vuelve un soliloquio intransitable, infernal. En lugar de centrarlo con un toma y daca amable, su matrimonio ha consistido en una sucesión de broncas. Hasta resulta comprensible que Fernando haya buscado un poco de oxígeno fuera de su familia.

No, no ha sido por falta de valor. Los hay que siempre están dispuestos a vivir la vida. Otros parece que hayamos nacido vencidos de antemano. Hay que ser muy valiente para reconocer la derrota. Mi vida junto a Juanma ha sido desde el principio una capitulación feliz. Ni siquiera sombría. No, no he sido desdichada, sino algo peor. Me he aburrido.

No se trata de hacer cosas, de viajar, como Fernando y Rosa, que han recorrido medio mundo, de ir a restaurantes caros, de hacer vida social. No los envidio. Para nada. Se han pasado la vida huyendo de sí mismos. Peleándose y tratando de resolver sus problemas cambiando de decorado. Las personas nunca cambiamos. Salta a la vista que Rosa y Fernando se empeñan en una bulimia que se traga la vida sin masticar. Prefieren cerrar los ojos y los puños y vivir a dos carrillos haciendo mucho ruido. Basta con observar sus gestos, su ostentosa manera de reír, de beber, de comer, de exhibir su felicidad chirriante. Y a fin de cuentas son insultantemente felices porque no lo saben.

El aburrimiento, sin embargo, se lleva en las costuras del alma. Se crece con él. Es un gusano que te va comiendo las entrañas poco a poco de manera eficaz. Cada día un pedacito, y otro pedacito, y otro más. Hasta dejarte hueca, vacía por dentro. De nada sirve llenarlo con otros lugares y otras palabras que no sean las tuyas. Salir corriendo como Rosa y Fernando. Derrochar el tiempo y el dinero.

No hay escapatoria. Y la estación de destino que anuncian por megafonía lleva inexorablemente tu nombre. El aburrimiento va ganando terreno, se va extendiendo, hasta que se apodera de todo tu espacio y ya no hay manera de distinguir entre el gusano que te come y la persona que un día creyó que la vida era posible vivirla. La vida es imposible, te levantas un día y al mirarte al espejo te dices que la vida es imposible. Para entonces ya estás muerta.

A los cinco minutos Rosa me ha llamado de nuevo. El muy hijo de puta tiene una querida, me ha dicho nada más descolgar, sin preguntarse ni suponer que podría haberse equivocado al marcar o haber descolgado el teléfono alguno de mis hijos o Juanma. Tranquilízate, Rosa, le he respondido. ¡Pues no me da la gana de tranquilizarme! Lo que todavía desconozco es durante cuánto tiempo me ha tenido engañada, pero ya me enteraré.

¿Has hablado con Fernando? ¿Le has pedido una explicación?, he sugerido. ¡La explicación se la voy a dar yo, darling, para que le quede todo bien clarito! Mañana mismo me busco un abogado. Yo creo que deberías antes hablar con Fernando, volví a sugerir.

¡Vete a la mierda, Julia!, ¿de parte de quién estás? Sólo trato de aconsejarte y mirar por tu bien, la he tranquilizado. ¡Pues entonces ayúdame a buscar un abogado y deja de defender al cabronazo de mi marido! Y me ha vuelto a colgar.

He tomado aire y he vuelto a llamar a Rosa. ¿Ya me has encontrado un abogado?, me ha preguntado en tono agresivo nada más descolgar. Rosa, tengo cáncer, le he dicho. Se ha hecho el vacío por unos segundos. ¿Estás de broma? Hablo en serio, Rosa. Me acerco a tu casa ahora mismo. Gracias Rosa, ahora no, esto lo tengo que digerir sola. Lo comprendes, ¿verdad? Me paso mañana, pues. De acuerdo. Un beso, darling. Un beso, Rosa.

¿Te apetece ir al cine? Hola, Enzo, he respondido. Echan una película que te va a encantar. Enzo, necesito hablar contigo, me he adelantado, interrumpiéndole. ¿Pasa algo? Nos hemos visto en la cafetería de siempre. Ya nos conocen. Nos sirven el cappuccino y un café cortito sin pedirlo. A Enzo le disgusta que le traigan la consumición sin haberla pedido. ¿Y si me apeteciera otra cosa?, dice. Pero siempre toma lo mismo. Y siempre protesta.

¿Qué pasa, Julia? Me van a operar. Vaya, no suponía que tuvieses problemas de salud. ¿De qué? De cáncer, le he contestado sin rodeos. De cáncer de pecho. ¿Cuándo? Ya. Dentro de unos días. ¿Desde cuándo lo sabes? Desde hace unas semanas. ¡Y no me habías dicho nada!, ha protestado Enzo. No estoy para que me echen la bronca, Enzo. Disculpa. ¿Qué información tienes? Poca, que tengo cáncer, que me van a operar. Enzo se ha quedado en silencio. Y una vez que hagan los análisis patológicos del tumor sabremos más, he añadido.

Hemos salido a dar un paseo por el parque. Durante un rato largo. Sin decir palabra. ¿Nos sentamos? También estando sentados se ha deslizado entre los dos un silencio aceitoso. Así nos hemos quedado durante horas, tal vez minutos, mirando al vacío en dirección al estanque. Y sin quererlo nuestras miradas se han encontrado y el llanto ha estallado a borbotones.

He pedido disculpas mientras me limpiaba las lágrimas con la palma de las manos, y me he quedado allí sentada, escondiendo las lágrimas en el regazo, sin esperar nada. Me hubiese quedado en ese banco para siempre inmortalizando el paisaje en una foto fija en blanco y negro. Entonces Enzo me ha tocado por primera vez.

Quiero decir que me ha tocado así por primera vez. No el joven estudiante, sino Enzo, con una mano masculina que se le ha humedecido de lágrimas en las mías, apretando suavemente para decirme que estaba a mi lado. Nos hemos quedado así durante horas, tal vez minutos. Lo siento, se me ha ocurrido decir. Y entonces me he dado cuenta de que Enzo lloraba como un niño triste, sin hacer ruido.

Y en ese momento que tal vez anunciaba el fin, allí donde el tiempo y las cosas que hasta entonces llenaban ese tiempo ya no sirven y empiezan a nombrarse con otro nombre, me he quedado mirando a los ojos de Enzo rogándole entre sollozos que me abrazara como a una mujer de carne y hueso y viva, diciéndole que necesitaba su comprensión y su ternura y algo más. Gracias, he dicho a Enzo.

Me pareció suplicarle que me obligara a quedarme en el mundo y que Enzo borrara como un hombre la consulta del médico, las palabras alentadoras, las fechas y los pronósticos. Y se lo quise decir tan fuerte y fue tan desgarrador el deseo de gritárselo a la cara que enmudecí.

Entonces Enzo me ha rodeado con su brazo e invitado a recostarme sobre su pecho. Se me han roto las lágrimas y he seguido ahogándome. Y cuando al fin he podido volver con la cara inundada, ardiendo, sin poder contener las babas ni el llanto y he mostrado mis manos mojadas a Enzo pidiendo ayuda, sin saber qué hacer, cómo hacer, el llanto, que parecía inmenso, desproporcionado, se ha vuelto todavía más inmenso y desproporcionado.

En ese momento Enzo me ha besado en las lágrimas y en las babas y yo lo he besado manchándole la cara con mis manos pegajosas y nos hemos quedado así durante horas, tal vez la eternidad, con las bocas juntas buscando un beso que no había forma de encontrar.

He vuelto paseando. Me he parado un momento en el supermercado. No quedaba pan en casa. Al final me he cargado más de la cuenta. Aceite, unas peras, detergente para la lavadora y unas latas de atún. Al llegar a casa me dolía la espalda.

Ya no sé qué hacer de comer. Algo me ocurrió que de repente se me fueron las ganas de cocinar. Macarrones otra vez. Y un filete. Y un plátano. Y al que no le guste, peor para él. Es la tercera vez que comemos pasta esta semana. Macarrones con tomate, macarrones gratinados, macarrones con salsa de roquefort. Nadie protesta. Con los macarrones nadie protesta. Pues macarrones.

Un cappuccino y un café solo. Enzo ha protestado. ¿Qué tal estos días?, ha querido saber. Bien, Fito y Loren no paran de pelearse. La lavadora se ha estropeado. Enzo ha empezado a hablar de su trabajo. Nunca habla de su trabajo. Me ha explicado que tiene su despacho y que lo dejan tranquilo. Se ha referido a algunos compañeros. Ha citado incluso sus nombres. Ya tiene todas sus cosas en el piso y ha llenado una de las habitaciones con estanterías. Los libros siguen en las cajas, me da pereza desembalarlos y ordenarlos, me ha dicho. Necesito una señora que venga a limpiar y planchar un par de días a la semana.

Mi casa es un desastre. Estoy muy a gusto, aunque los vecinos de arriba son un poco ruidosos. Tienen dos niños, como tú. Son inevitables las carreras. También se pelean de vez en cuando. Pero la casa es muy agradable. Me siento bien.

Desde el canapé rojo contemplo cómo la luz se desvanece a través de la ventana mientras escucho música. De todo. Ya sabes que soy muy curioso. Depende del momento, de mi estado de ánimo, de la hora. Por la mañana al levantarme un poco de jazz, ya sé que no te gusta el jazz, o pop de los setenta, se inventó casi todo en los setenta. Me resulta refrescante. A mediodía, para freír el filete, Rage Against the Machine. Y por la noche depende de cómo me haya ido el día. Puede ser piano, Scriabin, por ejemplo, o canciones. De Schubert, de Lucio Battisti, ya conoces mi debilidad por la música italiana. Boleros, tangos, uno también tiene su corazoncito.

Me quiero apuntar a bailes de salón. Siempre he soñado con aprender a bailar boleros y tangos, pero me falta pareja. Me he hecho socio de un gimnasio que hay al lado de casa, he decidido ponerme en forma. Limitar las cervezas y el vino. Comer mejor.

Y voy a colocar una pantalla grande para ver cine en casa. Nos veremos alguna película de Vittorio De Sica. O de Fellini. ¿Te acuerdas de *Amarcord*? Tú decías estar enamorada de Vittorio Gassman para hacerme rabiar. He pedido la cuenta. Enzo ha querido invitarme, pero he insistido en pagar yo.

Me he reunido esta mañana con el director del instituto. Le he puesto al corriente de la situación. Voy a pedir la baja. ¿Cuándo te operan? Pasado mañana me hacen las pruebas del preoperatorio. ¿Nos vamos? Te acompaño un rato, se ha ofrecido. He vuelto sola, caminando.

DICIEMBRE

Me desnudo y me pongo una bata y un gorro verde que me han dejado perfectamente plegados sobre una silla. A mi alrededor todos siguen con sus cosas como si me hubiera vuelto invisible. En cualquier momento van a pasar a través de mí como si fuera un fantasma. Pero no. Me siento y ofrezco mi brazo izquierdo. Te pincho el contraste, ¿vale? Siento que un incendio se me expande por dentro. La enfermera me dice que es normal. Acuéstate boca arriba y trata de no ponerte nerviosa cuando estés dentro del tubo, me indica. Respira despacio, añade.

La prueba dura una media hora, advierte. Si tienes algo que decir te oímos por un micrófono dentro de la máquina. Relájate y así acabaremos antes. Eso decía un violador a sus víctimas, tú tranquila, antes de asesinarlas. Cuando alguien del equipo médico te dice tranquila, puedes echarte a temblar.

¿Estás cómoda?, me ha preguntado la enfermera por el interfono. Como una crisálida, a punto de convertirme en polilla, he bromeado, pero nadie ha festejado mi chiste. Recuerdo aquellas películas antiguas en las que el hombre bala se metía por la boca de un cañón para salir propulsado por los aires hasta caer en una red. ¿Habrá una red al final de mi salto?

La familiaridad con la que tratan a los enfermos en los hospitales me parece insultante, como si dejáramos de ser personas para convertirnos en niños desvalidos y tontos. Y aunque sea verdad, porque es cierto que ante la enfermedad y el miedo estamos en sus manos, nunca deberían perdernos el respeto.

No te muevas, Julia, trata de respirar despacio. Y esta forma irrespetuosa de tutearme, como si nos conociéramos de toda la vida. Me hago cargo de que lo hacen con buena voluntad, por indicación del servicio de asesoramiento psicológico del hospital, para crear cercanía con el paciente. Pero yo siento mi espacio invadido, como si un extraño empezara a hurgar en mis cajones, abrir el frigorífico, servirse una copa de vino y encender el televisor. Esa naturalidad en el trato, esa cordialidad de látex me incomoda y me insulta. Hacen su trabajo. Lo entiendo. Pinchan mi cuerpo, examinan un cuerpo que se llama Julia. Sí, todo es normal para los médicos. Aquí lo monstruoso se vuelve normal.

Me encuentro tan relajada que podría dormirme. Julia, intenta respirar más lento. Lo siguiente es dejar de respirar, contesto un poco molesta. Pues las imágenes salen movidas. Es que tengo unos pulmones muy grandes, he dicho, de joven hice mucho atletismo, llegué a competir en juveniles a nivel nacional. Pues respira un poco menos, Julia, porque las imágenes aparecen desenfocadas. Un pequeño esfuerzo, Julia, y así acabaremos antes, replica en tono impertinente. Así me siento, desenfocada. Respiro con apenas un hilito de aire e imagino estar posando para una de aquellas fotografías antiguas, muy quieta, sin parpadear, para dejar que mi tiempo se convierta en imagen.

De un día para otro mi madre se puso de mal humor. Nos despertaba gritando. Ordenaba que nos levantáramos para ir al colegio sin contemplaciones. Preparaba el desayuno y seguía haciendo sus cosas en silencio. Hasta que una mañana, cuando echaba la leche en los cereales, rompió a llorar. El chorro de leche cayó fuera del bol y se inundó la mesa. Mi madre no podía dejar de llorar. Entretanto la leche se desbordaba, caía encima de Loren y le empapó los pantalones. Mi madre se puso a gritar y a decirle a Loren que moviera el culo en lugar de quedarse como un pasmarote viendo cómo la leche le mojaba. Eso le dijo. Que moviera el culo. Era la primera vez que oíamos a mi madre decir tacos. Jamás, nunca salió una palabra fea de su boca. Hasta ese día.

La leche seguía cayendo a chorros al suelo de la cocina, mi hermano seguía de pie con los pantalones mojados, inmóvil, yo contemplaba la escena mudo y mi madre no podía dejar de llorar. De repente paró en seco y con un escueto lo siento se enjugó las lágrimas y empezó a recoger la leche de la mesa con una bayeta que iba escurriendo en el fregadero.

Ya no lloraba, pero de la punta de su nariz no paraban de gotear lagrimitas. La mesa estaba limpia, había secado el suelo con la fregona, pero aún se empeñaba en frotar con la bayeta la mesa hasta que por fin levantó la vista y ordenó a mi hermano —casi sin voz— que fuera a cambiarse de pantalones.

A Loren se le escapó un pedo. Un pedo tonto, ridículo, de risa. Mi madre siguió frotando. Perdón, añadió mi hermano.

Me levanté para dejar mi bol de cereales en la mesa sin tocar. Salimos de la cocina. Mi madre se quedó sola, limpiando. Todavía lloraba.

Buenas noticias. El doctor Arribas me ha anunciado que el tumor no se ha extendido, pero habrá que extirpar un par de ganglios centinelas para estar seguros y descartar cualquier posibilidad de metástasis. Es el protocolo, ha añadido para tranquilizarme.

Esta tarde le harán un pequeño tatuaje para preparar la intervención de mañana. Le he reservado para primera hora. Cene bien, y a partir de las doce ayuno absoluto. ¿Puedo beber agua? Hasta las doce puede beberse el mar, es por la anestesia. En ese caso me inclino por una botella de vino blanco, he contestado. Me parece una idea excelente, me ha animado el doctor Arribas. Es la primera vez que baja la guardia y deja traslucir atisbos de humanidad.

Rosa ha insistido en acompañarme, y he aceptado pero haciéndola prometer que no hablaría de Fernando. Se ha sentado a mi lado sin abrir la boca. Su comportamiento en la consulta del doctor Arribas ha sido irreprochable. Al salir nos hemos ido a tomar un aperitivo. Fernando es un cabrón, ha dicho con el primer sorbo de Negroni. La he mirado sin decir nada, ha vuelto a beber y la conversación ha ido deshilachándose insulsa hasta la vuelta a casa.

El médico del tatuaje ha llegado casi dos horas tarde. No se ha disculpado. De ademanes broncos, ha pintado en mi pecho y me ha hecho daño. Apenas nos hemos cruzado las miradas. Le he hecho saber con una indiferencia compartida que era un maleducado. Se me ha pasado por la imaginación decirle que me tatuara un ave fénix, pero mis buenos modales me impiden ser tan impertinente. He salido del hospital tardísimo. Llego enseguida en taxi, he dicho a Juanma por teléfono, ¿has dado de cenar a los chicos? ¿Todo bien?, me ha preguntado. Todo bien, he respondido. Nada más llegar a casa me he duchado sin borrar las marcas en el pecho derecho. Loren y Fito estaban delante de la televisión. ¡A la cama!, y han protestado. Me he quedado un rato con Fito, contándole historias de cuando era pequeña, hasta que se ha dormido. He cenado un poco. Me he servido una copa de vino y he encendido la tele. ¿Puedes beber?, me ha preguntado Juanma. Beberé, he pensado.

Mamá tiene que ir unos días al hospital y después estará un poco cansada, nos explicó mi tía Rosa. Ir a su casa con mis primos era mejor incluso que las vacaciones, porque mis primos tenían Play y yo no. Mi madre no quiso comprarnos una Play. Decía que los niños que juegan mucho a la Play se vuelven tontos. ¿Por eso a Miguel y a Sofía se les caen las palomitas de la boca cuando vamos al cine? Y se quedó callada, pero yo sabía que Miguel y Sofía eran tontos porque no me dejaban jugar a la Play y entonces lloraba muy fuerte y mi tía Rosa venía y los castigaba si no jugaban conmigo.

¿A que no sabes qué hay para cenar, Fito?, me preguntaba mi tía Rosa con una sonrisa de oreja a oreja, y yo ponía la mis-

ma cara de tonto que mis primos para dejar a mi tía Rosa que me diera la sorpresa. ¡Pizza!, exclamaba con aplausos pequeñitos. Y yo me ponía muy contento para que mi tía Rosa se alegrara también.

He llegado media hora antes del ingreso al hospital. Me ha acompañado Juanma. Me ha dejado con el coche delante de la puerta principal y se ha ido a aparcar. Cuando ha llegado de vuelta yo estaba cumplimentando impresos. Es el protocolo, como diría el doctor Arribas. Los que se operan tienen el gesto ensimismado. Los otros están sin querer estar. Que quede claro que yo me siento perfectamente, a mí no me van a operar de nada, se empeñan en decir.

Los otros. Los que están al otro lado de la enfermedad, los inmortales, porque para poder seguir adelante necesitamos creerlo de verdad, hasta que el frágil hilito del que penden nuestras vidas se rompe para recordarnos, como el esclavo del emperador romano durante los desfiles triunfales, que somos mortales.

Al enfermo se le afilan los sentidos. Mi piel es capaz de sentir un soplo gélido que busco con la mirada, pero cuya fuente no alcanzo a determinar. Oigo a la perfección conversaciones en mitad del tumulto del mostrador de ingresos. Me cuesta respirar ahogada por el olor y el sabor del hospital. Juanma es otro, gira en otra órbita en mitad de una noche ajena, de otra galaxia. Me habla, sin comprender que sus palabras se han vuelto de yeso, livianas, quebradizas y ásperas.

¡Qué calor hace aquí!, me dice. Sí, hace mucho calor. ¿Te llevo la bolsa?, se ofrece. No, no hace falta, prefiero tenerla conmigo. Juanma está ahí al lado, de pie, sin saber qué hacer o qué decir. Lejos. ¡Estoy tan lejos! Él lo sabe. Él sabe que yo sé.

Me espera un enfermero para acompañarme a una salita donde me visto de gnomo irlandés. Me pregunta una enfermera si soy alérgica a algún alimento. A las ostras, respondo, pero no le hace ninguna gracia. Me tumbo en una camilla y empiezo a recorrer los pasillos guiada por un chofer muy profesional. No ha rozado ni una sola esquina. Se lo digo y me da las gracias con una sonrisa. Tumbada y a merced de mi camillero la perspectiva cambia notablemente. Veo desfilar el techo y las luces como en esas series americanas de hospitales. Mi vida todavía no. Tampoco estoy como para caer en los brazos del ayudante aventajado del jefe de cirugía.

Desde mi tumbona me encuentro con el doctor Arribas, disfrazado también de gnomo irlandés. Se lo he dicho y, muy correcto, me ha reído la gracia. Todo saldrá de maravilla, Julia, ha añadido, y enseguida han comenzado con la anestesia. Me han puesto una vía y me han inyectado algo. Yo quería recordar el momento del desvanecimiento, abandonarme al sueño de forma placentera, pero no, es como ir caminando y caer en el precipicio sin previo aviso. Tal vez te sientas un poco mareada, es lo último que recuerdo que me advertía un enfermero. No noto nada, he dicho. Me ha parecido que decía.

Aquí estoy. No me he muerto. De lo último que tengo consciencia es de que me llamaban por mi nombre y repetían todo irá bien, tranquila que todo irá bien. Ha sucedido tan rápido... Me cuesta aceptar que estoy aquí, en esta cama de hospital, emergiendo de la anestesia.

Una enfermera ha comprobado el gotero, me ha tocado la mano, ha dicho mi nombre. Todo ha ido bien, Julia, ha vuelto a repetir. Tenían razón. Estoy aquí. Salí de la operación. No puedo mirar. Necesito saber si me han quitado el pecho, si me han puesto un implante. No me puedo mover. No puedo abrir los ojos.

Y la sed. Ya me lo habían advertido. Esta sed que no puede compararse con nada. Las cosas que se viven por primera vez nunca sorprenden. Ocurren. La sed. Acaso más tarde puedan dar miedo, o desconcierto o traigan la felicidad. Después, más tarde. El desvanecimiento previo a la operación. Estar aquí, en esta cama de hospital esperando, desfallecida, sedienta.

Esto no ha hecho más que empezar, sonó apenas el pistoletazo de salida, empezó la carrera, y voy a correr. Sí, voy a correr con todas mis fuerzas, a pesar de la sed. Y cuando ya no tenga fuerzas seguiré corriendo con las fuerzas que me queden. Eso decía siempre mi madre. Eso mismo.

Al rato ha vuelto la misma enfermera y me ha preguntado si respiraba bien. Le he preguntado si podía quitarme los tubitos de oxígeno y me ha dicho que no con una caricia en el brazo. Espera un poco, ha añadido. Se ha pasado el anestesista y me ha tranquilizado, no he dicho insensateces. Sabía que bajo los efectos de la anestesia se pierde el control y pueden salir por tu boca cosas imprevisibles que en condiciones normales te avergonzarían. Me he quedado tranquila. Quiero creer que me ha dicho la verdad. Mi madre, que era una mujer angelical y correctísima, el día que la operaron empezó a insultar a las enfermeras llamándolas zorras y guarras, entre otras lindezas. Al cabo de un rato me han subido a la habitación.

Ya en la habitación ha llegado el doctor Arribas para decirme que todo había ido bien. Estupendo, todo ha ido bien. De maravilla. Me explica que me han quitado el tumor sin mastectomía y dos ganglios centinelas del brazo derecho. Que no me alarme, mejor dejarlo todo limpio. En un par de días la mando a casa, me ha dicho. Gracias. Le he dado las gracias, pero no me ha contestado. Descanse, ha añadido al despedirse.

Que no te preocupes, que los chicos están estupendos, son encantadores y educadísimos, ¡cómo se nota que tienen una madre maestra! A Rosa le da igual dónde o a quién enseñemos qué, todos somos maestros. Mi hermana consiguió terminar el bachiller a duras penas y un día volvió a casa con una revista de decoración debajo del brazo y se adjudicó el título de decoradora profesional y ahí sigue.

Cuando le preguntan, ofrece el dorso lánguido con un piedrón que le tuerce la muñeca como solicitando un besamanos y anuncia a modo de tarjeta de visita, Rosa Aenlle, decoradora. No creo que haya decorado nunca nada, a excepción de su propia casa, que parece la foto fija de una portada de revista, un trampantojo pulcro, ordenado, de catálogo, inhabitable.

Lo cierto es, para ser justos, que ha ayudado a alguna de sus amigas a comprar muebles de diseño, que para eso mi hermana tiene mucha memoria, para los nombres. Nos hemos quedado con un par de sofás en blanco de los hermanos Bouroullec divinos, me cuenta, y las Bertoia combinaban ideales en la cocina de Raquel, y la he convencido para que se llevara también una Eileen Gray monísima y discretísima para crear ambiente en el salón, como si el mundo al completo tuviera de vecinos a los Bouroullec o de tía soltera a la mismísima Eileen Gray.

Deformaciones atávicas de la infancia. Todavía en su cabeza persiste el olor a plástico del skay en el salón, a donde mi madre hacía pasar a las visitas, a los amigos ilustres y al vendedor de enciclopedias. Para los íntimos, la familia y el resto de mortales, el olor a rancio del cuarto de estar.

El salón era un lugar de tránsito y las visitas no se sentaban, apoyaban el culo en la orilla misma del sofá y daba miedo porque parecía que fueran a escurrirse en cualquier momento. Había una librería con enciclopedias que nadie consultó jamás y un gato de porcelana de cuello alargado y nuestros retratos enmarcados, las dos vestidas de primera comunión. Al salón se llega para irse, más allá del salón se está.

Rosa continúa atrapada en ese mismo salón, con otros muebles, otros cachivaches, otros libros que nadie lee, en orden perfecto y lujo chillón. Sólo le falta indicar el importe total en un cartelito junto a la puerta de doble hoja. Aunque no hace falta, informa siempre de la marca y el precio. Mi querida Rosa metonímica.

Los niños viven recluidos entre su habitación y la cocina. Allí comen, duermen y ven la tele. El único que tiene derecho a apoltronarse y gritar en los partidos de fútbol es Fernando, a condición de no mover nada de su sitio, porque en la vida de Rosa cada cosa tiene un lugar asignado. Yo soy maestra, Fernando es una máquina de hacer dinero, y ella, decoradora y existe para que el universo la haga feliz. Pasa por mi casa de puntillas, con miedo a ensuciarse la suela de sus Manolos.

Hay que reconocer que el doctor Arribas ha hecho un gran trabajo de sastrería. Tengo mis dos pechos y una bonita cicatriz en el derecho. Se nota que me han quitado del costado porque el pecho está ahí algo hundido. Bueno, tenía poco y ahora tengo algo menos.

Ha llamado Enzo por teléfono al hospital. Me ha pedido permiso para venir. Le he dicho que no, que en un par de días me daban el alta, que todo había ido bien y que no era un buen momento. En cuanto pueda te llamo y nos vemos, le he dicho. ¿Estás bien?, ha insistido. Claro, lo he tranquilizado. No te preocupes, estoy perfectamente. Esto es sólo el primer round. ¿Te han dicho algo los médicos?, ha querido saber. Casi nada, de momento, ya sabes cómo son. Dicen lo justo para no comprometerse. Me han extirpado el tumor y dos ganglios centinelas. Al parecer los tejidos adyacentes están limpios. Y no me han quitado el pecho, avergonzándome al convertir la coquetería en pudor.

¿Tienes molestias?, ha seguido preguntando. Me siento bien, Enzo. He despertado de la anestesia bien. Me han subido a la habitación. En un par de días estoy en casa. Fito y Loren están con mi hermana. Descansa, ha añadido Enzo en lugar de decir te echo de menos, o no dejo de pensar en ti, o los días pasan lentísimos, o incluso te quiero. Yo también te quiero, hubiera respondido a modo de despedida. No, no es cierto, no hubiera contestado te quiero. No me habría atrevido.

Traen la comida, Enzo. ¡Pero si son las doce! Esto es otro planeta, le he aclarado. Que comas a gusto, Julia. Gracias. Un beso, ha añadido. Los dos hemos esperado y escuchado el silencio. Gracias, y he colgado.

Se acaba de marchar Rosa. Estás estupenda, me ha dicho, cualquiera diría que te acaban de operar. Los chicos están bien, no te preocupes, se portan estupendamente. Se ha sentado a mi lado sobre la cama. Ha entrado la enfermera a supervisar los goteros. ¿Te quieres creer que Fernando me ha llamado para preguntarme si he visto su chaqueta azul marino? Casi le cuelgo en las narices.

Gracias, he dicho a la enfermera, que me ha sonreído. Que no soy tu madre, ha seguido Rosa como si nada, busca en casa de la puta, he estado a punto de añadir, seguro que te la has olvidado allí, desgraciado. Me ha preguntado por Miguel y Sofía. ¡Menos mal que todavía recuerda que tiene dos hijos!

Ha vuelto a entrar la enfermera y me ha preguntado si me apetecía un zumo. No, gracias. Di que sí, me ha corregido Rosa, yo me lo tomaré, que no he desayunado. Aunque estos zumos de hospital saben todos a medicamento. Pues eso, llama y me dice que si he visto la chaqueta. Lo siguiente será traerme la ropa sucia para que se la lave, te lo juro. Hace falta valor. ¿Cuándo te mandan para casa? De los chicos no te preocupes, tú descansa. Que se queden conmigo hasta que te hayas recuperado del todo. Ya iremos a casa para que te vean.

Me marcho, que he quedado con Raquel que me quiere hablar de su abogado, que dice que es buenísimo y que a su marido lo ha puesto en su sitio. Descansa, cielo. La enfermera ha entrado con el zumo. Rosa me ha besado en la frente y se ha marchado dejando olvidado el zumo y la puerta abierta. Gracias, he dicho a la enfermera. Si necesitas cualquier cosa, no dudes en llamar. Ha cerrado la puerta de la habitación. Estoy sola.

Estoy descabalada. ¿Incompleta? No. Incompleta, no. Se diría que estoy entera. Me ha dicho el doctor Arribas que al final no hubo mastectomía ni, por lo tanto, tampoco reconstrucción. Podrá ir a la piscina en bikini, ha bromeado. Y me podrán tocar las tetas mis amantes como si nada, he estado a punto de decirle. Pierdo los papeles. El doctor Arribas lo decía con buena intención.

Mi madre utilizaba un sujetador con relleno. Y desde luego siempre llevó bañador. La recuerdo una Nochevieja. Estábamos todos y los amigos de mis padres, Ramón y Elena, con su hijo pequeño, Raúl, de cinco o seis años, y que ahora tiene novia. Estaba también Fernando, y Rosa y él hablaban ya de boda. Adelantaron la fecha en vista de los acontecimientos. Se casaron enseguida. Mamá estaba muy ilusionada. Casaba a su primera hija. Y aguantó hasta la mía y todavía unos pocos años más hasta rendirse. En el coche, camino de la iglesia, no podía más, y se empeñaba en compartir mi felicidad tensando una sonrisa.

Al salir de la cocina tropezó por el pasillo de casa con Rosa, y mamá llegó al comedor con el pecho postizo hundido. Nadie se atrevió a decir nada. De repente Raúl se la quedó mirando y dijo a mi madre con toda naturalidad que se le había caído una teta. Tía, porque la llamaba tía, se te ha caído una teta, señalando con el dedo. ¡Vaya por donde!, exclamó mi madre sin inmutarse. Busca a ver si está debajo de la mesa.

Y Raúl se metió debajo de la mesa a buscar la teta perdida de mi madre. ¡No está!, gritó nada más salir. Pues tengo un problema, Raúl. Ven, ayúdame a buscarla. Y salieron los dos de la mano a buscar la teta por toda la casa. Mi madre hizo buscar a Raúl en todos los armarios, en todos los cajones, incluidos los de la cocina, hasta que por fin abrieron la cómoda de su dormitorio y Raúl vio los sujetadores.

¡Cuántas tetas!, exclamó festivo. Date la vuelta que me voy a poner una de estas, le pidió mi madre. Ya aparecerá la que se me ha perdido. Mi madre se colocó bien el relleno, y volvieron juntos de la mano, ambos con una sonrisa de oreja a oreja.

Por el mismo precio, hubiera podido pedir al cirujano que me aumentara dos tallas. Morir con las tetas puestas. Entonces sí que le da un patatús a mi hermana. Siempre me ha tenido envidia, y no sé por qué, la verdad. No tiene nada que envidiarme. Si salgo del quirófano con dos tallas más, entonces se muere ella. Siempre quiso tener mucho pecho, desde niña. Hasta pensó en operárselo.

Por primera vez caigo en la cuenta de que tengo un cuerpo. De que soy, sobre todo, mi cuerpo. Y lo que más me duele no son las heridas, sino que me hayan arrebatado una parte de mí misma. He de empezar a cuidarme. Para nadie. Voy a ser egoísta. Y no permitiré que nadie me robe el aire, ni las sábanas, ni el mejor filete. Me ha dicho el doctor Arribas que tengo que comer proteínas para fortalecer mis defensas. Ni la hora de la siesta, ni mi serie favorita. Ni la vida.

He vuelto a la consulta del doctor Arribas, de nuevo los resultados encima de su mesa. De nuevo las malas noticias. Su tumor es más agresivo de lo que pensábamos. No basta con radioterapia, hay que hacer quimio, seis sesiones es el protocolo. Queda la anatomía patológica del tumor, me explica. Nos vemos en un par de días y podré darle datos más precisos, añade.

Loren es tonto. Loren es tonto. Loren es tonto, empecé a gritar por el pasillo. No quiere jugar conmigo a Star Wars. ¡Ha puesto la tele! Mi madre me mandó de vuelta al campo de batalla. Vacié la caja delante del sofá. Seguro que cuando vea las fichas en el suelo le entran ganas de jugar conmigo a Star Wars, pensé. Me puse delante de la tele.

¡Siéntate en el suelo!, me gritó cambiándose de sitio. Me eché a un lado. Empecé a encajar las piezas de una nave, delante de la tele. ¡Siéntate en el suelo!, gritó de nuevo Loren. No me da la gana, repliqué. ¡Que te sientes! Es mi tele también, le dije, y quiero ver la tele. Imbécil, vete a jugar a Star Wars a tu cuarto. No me insultes que se lo digo a mamá, amenacé. Quítate, imbécil.

¡Mamá, Loren me está llamando imbécil! Lo dije todo lo fuerte que pude para que mi madre me oyera. Tengo que gritar más fuerte todavía, pensé. Mi hermano se había sentado a

un lado del sofá y se inclinaba para seguir viendo la tele. Me puse en cuclillas buscando en el montón de piezas las que me faltaban para montar mi nave espacial. Me senté. Me volví a levantar. Volví a ponerme en cuclillas. Me levanté de nuevo. Me eché a un lado y me puse delante de mi hermano.

Entonces me dijo gilipollas. ¡Mamá, Loren me llama gilipollas!, grité con todas mis fuerzas. Eres un gilipollas imbécil, me volvió a insultar. ¡Mamá, Loren me ha llamado gilipollas imbécil! Lo dije con toda la rabia que pude, repitiéndolo una vez, dos veces. Tiré las fichas de mi nave Star Wars al suelo y la pequeña estructura saltó en pedazos y como mi madre no aparecía di una patada al montón de fichas, que saltaron por los aires, rebotaron contra las paredes y se esparcieron por todo el salón haciendo mucho ruido.

Me puse delante de la tele abriendo los brazos. ¡Idiota! Me dijo Loren. Y entonces se levantó y me empujó. Y yo le empujé más y me volví a poner delante de la tele. Entonces Loren hizo ademán de darme un puñetazo y yo me eché hacia atrás y tropecé con la tele, que se tambaleó. ¡Subnormal capullo!, me dijo Loren, poniéndole música a una patada en la pierna.

Yo respondí con otra patada, y empecé a berrear, entre lloros, que mi hermano Loren me había llamado subnormal capullo. Lloré mucho. Lloré con todas mis fuerzas. Entonces apareció mi madre. ¡Mamá, Loren me ha llamado subnormal capullo y me ha pegado!, le dije a mi madre con la cara llena de lágrimas. ¡Se ha puesto delante de la tele y no me deja ver!, se defendió mi hermano.

Mi madre se quedó mirando las fichas de Star Wars esparcidas por el salón. Luego me miró a mí. Luego miró a mi hermano. Vete a tu cuarto, Loren. ¡Pero si yo no he hecho

A los hombres les bajas los pantalones y son todos iguales. Un poco más torcida, o más larga o más rechoncha, pero al final, se conforman con lo mismo, dos achuchones y se enamoran, y luego se creen con derecho al resto. ¿Y qué es el resto?, me vas a preguntar, pues todo lo demás, querida, todo. Y después de haberles dado todo y más, porque anda que no son guarros, se lían con la primera furcia que se les queda mirando.

En fin, darling, cuídate, que se me hace tarde. Me voy a hacer la manicura, que tengo unas manos que parecen garras, porque no me faltan ganas de sacarle los ojos si lo tuviera delante, con estas mismas uñas, y después me haría la manicura como si tal cosa, te lo juro, así, ¡chas!, los dos ojos a la vez, para que se joda y no pueda ver más pelis porno. Porque ésa es otra, pero otro día te lo cuento. Me voy. Besos, besos, no te levantes.

Mamá estaba pesadísima, me llamaba mil veces. ¿Qué quieres?, respondí a voces por encima de la pelea de titanes. Tuve que apagar la tele. ¿Dónde estás?, volví a gritar. Mamá estaba en la cocina sentada, tomando café. Abrí el frigorífico. No picotees nada ahora que falta poco para la hora de cenar. ¡Pero es que tengo hambre!, protesté. Siéntate, Fito, me ordenó.

Me puse a hacer bolitas de miga de pan y a lanzarlas unas contra otras. Fito, estate quieto, por favor, estás estropeando el pan. ¡Fito, escúchame! Entonces mi madre se quitó despacio el pañuelo. ¿Ves?, me he quedado calva. Sí, ya lo veo, pareces un marciano. *Mamá se echó a reír con lágrimas en la cara al mismo tiempo.*

Descolgué un trapo de cocina y se lo di para que se limpiara y entonces todavía lloró más. Se levantó y con un pedazo de papel de cocina se sonó la nariz muy suavemente, como nos había enseñado, porque Loren, papá y yo nos sonábamos haciendo mucho ruido.

¿Qué vamos a comer?, le pregunté. Macarrones con tomate. ¡Bien! Fito, ¿sabes que estoy enferma?, me preguntó sin preguntar. Sí, ya lo sé, pero te vas a curar. Para eso tomas medicinas, ¿no? Claro. Y además no te puedes morir, le dije. Todos nos podemos morir, me corrigió. Todos menos tú y yo, aclaré.

De repente me quedé en silencio, muy serio, mirándola fijamente. ¿Qué te pasa?, me preguntó. ¿Te puedo tocar la calva? Y entonces mamá se echó a reír. ¡Ven aquí!, me dijo como si fuera a reñirme, pero yo sabía que era para darme besos. Me hice un hueco en su abrazo y, sentado en sus piernas, comencé a acariciarle la calva mientras mamá hacía como que me mordía por encima de la camiseta y me reía y enroscaba como una lombriz.

La calva de mamá estaba muy lisa pero no era redonda y pinchaba. Era como acariciar un pollito y otras veces un hámster. ¿Te gusta?, me preguntó. Es muy suave y hace cosquillas, le dije. Y al darle un beso en la calva me entraron muchas ganas de estornudar. Y estornudé tan fuerte que la camiseta se me llenó de mocos.

¡Por dios, Fito, tápate cuando estornudes! ¡Es que no me ha dado tiempo! Y mamá me limpió la nariz con otro trozo de papel de cocina. Pon la mesa, me dijo, y esta vez fue una orden, enseguida comemos. ¡Yo quiero muchos macarrones!, anuncié.

¡Estás radiante! Lo dices por mi calva, ¿no estarás secretamente enamorando de Bruce Willis? Y los dos nos hemos echado a reír. Estás deliciosa cuando te ríes, me ha piropeado Enzo. ¿Sólo cuando me río? Estás preciosa. ¡Estoy calva, Enzo, y huelo a desinfectante! Cada vez estás más guapa, así es como lo veo yo, no lo puedo evitar.

Me he quitado el pañuelo aposta, para comprobar que no se le trababa la lengua, que no salía corriendo, que todavía Enzo era capaz de mirarme a los ojos y a la calva y sostener la mirada. Estas guapísima, ha vuelto a repetir con calma, con gravedad incluso.

¡Tú tienes un problema!, he seguido la broma. Para mí sigues siendo la misma, me ha contestado. Pero no soy la misma, he pensado. No soy la misma, he respondido. ¡Eres la misma Julia curándose de cáncer!, ha contrarrestado alzando la voz. Soy Julia con cáncer, sí, he pensado y me he callado mirando a mi alrededor, deambulando con la mirada por el piso de Enzo, tan tranquilo, tan agradable.

¿Quieres tomar algo? Un vino, he contestado. Son las once de la mañana, me ha recordado. Sí, ya sé que son las once de la mañana. Una mujer con cáncer tiene derecho a beberse un vino a la hora que le apetezca. Blanco, ¿no? Me has adivinado el pensamiento, aunque, claro, ahora es fácil leer en la bola lisa del futuro que tienes delante, he añadido alzando la voz mientras Enzo desaparecía por el pasillo en busca de las copas de vino.

¿Te apetece algo de música? No, necesito silencio. Y nos hemos quedado un buen rato sorbiendo traguitos de vino, ignorándonos, cada uno sentado en su rincón de sofá, sin tocarnos, cuando ha sonado el teléfono. ¿No contestas?

No. Tu vino está delicioso. Gracias, ¿quieres otro? Si me tomo otro vas a tener que llamar un taxi.

¿Cómo te las arreglas en casa? No hagas preguntas de mal gusto, por favor. Hemos vuelto al silencio. Disculpa, he dicho para recuperar la palabra, bien, de momento bien. Empiezo a estar muy cansada. He buscado ayuda. Mi hermana Rosa me ha mandado a su señora de la limpieza, es de confianza.

¿Qué tal tú por tu trabajo?, he cambiado de conversación. Bien, un perfecto aburrimiento. Es lo que querías, ¿no?, aburrirte un poco. Por supuesto, en eso consiste la felicidad, en saber aburrirse y perder el tiempo. Yo ya no tengo tiempo que perder, he pensado un poco ofendida. Mi tiempo ya no vale lo mismo que tu tiempo, se me ha ocurrido decir a Enzo, y casi he empezado a explicar que de este lado de la enfermedad aumenta de manera vertiginosa la velocidad y a los otros, más allá, en el escaparate de la vida, los percibes a cámara lenta, pero me he callado. Bueno, pues sigue disfrutando, he añadido mientras me levantaba. Enzo me ha acompañado a la puerta. Nos hemos besado en las mejillas. Llámame pronto, he oído que pedía a mis espaldas.

¿Quién te crees que me ha llamado por teléfono? Ni te puedes imaginar, me he quedado petrificada, sin habla, darling, sin sangre en las venas, sin respiración, sin vergüenza, eso es lo que es: una sinvergüenza. Descuelgo el teléfono y oigo una vocecita que me pregunta si allí vive Rosa Aenlle, y yo que casi cuelgo al pensar que me querían vender algo, pero no, no me querían vender nada, mira por dónde, llamaban para informarme, como te lo cuento, para informarme.

Ay, perdón, que no te he dicho todavía quién era, pues el putón verbenero, que sí, no me mires con esa cara, la querida de Fernando. Pero yo no he perdido los papeles, que estaba en mi casa, te vas a creer tú, he pensado, y entonces va y me suelta medio lloriqueando que nos está engañando con otra, así, tal cual, ¡que nos está engañando con otra!, ¡¡nos!!, ¡a nosotras!, ¡a las dos!, ¡a la puta y a mí!, ¡que el capullo nos está engañando con otra!, ya lo que me faltaba por oír, Julia, si me lo dicen hace un mes me muero de la risa, y la infeliz en un mar de lágrimas, no te lo pierdas, y yo como una mema que empiezo a consolarla, y al cabo de un minuto empezamos las dos a ver quién decía la barbaridad más grande. De hijoputa para arriba, como te lo cuento. Nos hemos quedado a gusto. ¡Nos! ¡Las dos!

Al final nos hemos echado a reír, porque la cosa tiene guasa, no me lo vas a negar, ahí las dos como unas marujas consolándonos y quejándonos de que el calzonazos se está tirando a otro zorrón y nos engaña, hace falta valor. Un degenerado, Julia, yo no me merecía esto, de verdad, casarme con un degenerado y un enfermo, porque Fernando está enfermo, Julia, no me lo vayas a negar, hay que estar enfermo de manicomio.

Pues mira, a lo mejor por ahí le puede caer una buena también, obseso sexual, lo denuncio también por acoso, porque eso del débito conyugal se acabó, Julita, se acabó. Y como se me ponga tonto digo que me intentó violar, ¡y no me pares los pies, por favor!, que se merece que lo encierren.

¡Cómo estoy poniendo todo de pañuelos! Es que se me saltan las lágrimas, pero de rabia, Julia, de rabia. Y al final hemos quedado como amigas, para lo que necesites, me ha dicho, aquí me tienes. Y nos hemos prometido tenernos informadas. Por todos los lados le van a llover los palos a ese crápula, ese insecto, ¡carne de psiquiátrico! No me puedo aguantar, Julia, es que no me puedo aguantar.

¿Y tú qué tal? Te veo estupenda, ¿eh? Cualquiera diría que te han operado de cáncer. ¡Si estás hasta morena! Pero no, disculpa, que todavía no has empezado con los rayos, ¿no? Te voy contando, darling, un día de estos quedamos las tres y te presento a Marisa, es la puta, sí, bueno, ya no, ¡qué nombre tan cursi!, ¿no?, seguro que es una rancia vistiendo. Te llamo mañana. Sigue así de bien, ¿vale?, besitos.

Se me han caído las pestañas y apenas me quedan cejas. Parezco una gallina. Ya no me miro al espejo, me recuerdo.

Bajo la ducha siento el agua picotear mi calva. Es un momento de gran placer. Me ducho varias veces al día. Lo siento como una necesidad de limpieza, corporal y espiritual. Estoy horas dejando que el agua arrastre todo lo que me sobra. Al acostarme he de cubrirme la cabeza porque la piel del cuero cabelludo es muy sensible y se irrita con el roce de las sábanas.

Sudo química. He perdido mi olor. Me encanta ducharme con el agua ardiendo, que me queme la piel, pero ahora es imposible, no puedo, se me irrita el cuero cabelludo, a pesar del champú de Alepo a los siete aceites y de un tónico de Neem para el pelo que me ha traído Rosa.

Hoy ha llamado Roberto, mi peluquero, encantador. ¿Cuándo te pasas, cielo?, me ha preguntado muy cariñoso. ¡Como no me peines las ideas!, le he respondido, y nos hemos echado a reír. Como tú no vienes a verme, me voy a pasar yo por tu casa, y te hago las uñas. Adoro a Roberto, pero no estoy para visitas.

¡Si supiera cómo tengo las uñas! Se me han puesto grises, y me duelen las yemas de los dedos. Se lo tengo que comentar al doctor Arribas. ¿Por qué demonios me duelen las yemas de los dedos? Querido Roberto, le he explicado, espera un poco que ando muy liada en estos momentos, ¿sabes? Nos vemos más adelante, ¿de acuerdo? No he tenido fuerzas ni para inventar una excusa creíble. Ya no tengo ganas de inventar excusas. Ya no hay explicaciones que dar.

Estoy a solas conmigo misma, y los otros se han quedado ahí afuera. Miran, hacen señales, gesticulan, descuelgan el teléfono, me hablan. Respondo, sonrío y doy las gracias. Me recuerda a aquellas despedidas desde el andén, comunicándonos por señas mensajes básicos, perentorios, urgentes, inútiles, con el tren a punto de salir. Yo de este lado del viaje, un vagón que no sé bien del todo a dónde me llevará. Los otros en el andén, separados por una ventanilla de silencio opaco, con el tren a punto de arrancar.

Hasta que de repente la inmovilidad del decorado y sus personajes comienzan a deslizarse, y entonces las sonrisas y los adioses se vuelven urgentes, torcidos, lejanos, hasta que desaparecen tragados por una curva de la vida que los deja clavados en el tiempo. Cierro los ojos. Me acomodo en mi butaca azul y dejo que el suero y la Fanta de naranja hagan su trabajo.

Los gorritos y los pañuelos esconden los cráneos desafiantes de las mujeres con cáncer. Sirven para suprimir el volumen y seguir gesticulando como una televisión sin voz.

Cualquier ademán se vuelve exagerado y grotesco. Tengo cáncer, sí, es la respuesta a la mirada furtiva de la madre que a duras penas consigue fijar la atención en el infinito de su miedo. Entretanto sujeta al hijo por la mano y lo rodea acercándolo a su regazo para dejar bien claro, repitiéndose y advirtiéndome, casi amenazando, que ella no se va a morir, que tiene un hijo y ha de estar allí a su lado, sujetándolo fuerte para que no se caiga con los frenazos en el autobús, porque es su madre y se acabó.

Los niños, sin embargo, no necesitan pedir permiso para dar forma a lo que ven. Las miradas de los niños repiten lo que están viendo. Abren los ojos y se quedan observando desde los brazos de su madre sin esperar nada a cambio. Los niños nunca miran para obtener una respuesta porque ya conocen la respuesta. Miran para mirar. Y yo se lo permito. Sin miedo, sin curiosidad.

Nos observamos fijamente. Y entonces su madre trata de llamar la atención del niño hacia una de esas esculturas vivientes que pasan horas inmóviles hasta que alguien echa una moneda y rompen la rigidez de la piedra fingida y hacen ver que viven, que se mueven, que son personas. Yo también me muevo cada vez que alguien echa su moneda en la cajita del miedo para demostrar que sigo viva.

Entonces la madre se baja del cáncer sin soltar a su hijo de la mano y ya desde el otro lado de la vida mis ojos se encuentran una última vez con los del niño antes de que las puertas se cierren estrepitosamente y arranque el tiempo que me llevará lejos de su mamá, que siempre, pase lo que pase, tendrá para él su pelo —que huele a especias y agua de mar— recogido con una pinza en la nuca, y sus cejas y sus pestañas en sus ojos de madre para que nunca, pase lo que pase, dejen de mirarlo.

Nada más llegar a casa de Enzo me he quitado el pañuelo. Me da mucho calor. Tienes un cráneo precioso, me ha piropeado Enzo. Estás enfermo, me he defendido. Lo digo en serio, Julia, tienes un perfil de reina egipcia. ¿Por qué te cuesta tanto aceptar los cumplidos? Porque estoy calva y tengo cáncer.

Me sigues pareciendo una mujer atractiva y sexy. Me he quedado mirando a Enzo, sin decir nada. Ya estoy harto, ha seguido Enzo, sabes perfectamente que he vuelto a España para verte de nuevo, con la estúpida idea de encontrarte y acabar la historia que dejamos pendiente años atrás. No he sido capaz de mantener relaciones estables con otras mujeres.

¿Muchas mujeres?, he preguntado por fastidiar. Algunas, ha sido la respuesta evasiva de Enzo. Por un momento pensé que eras homosexual. ¿Porque no me abalancé sobre ti como un león hambriento?, se ha defendido, me hubiera parecido de muy mal gusto, y además sabes que soy incapaz de alimentar una relación basada en la deslealtad.

Te quiero, Julia, he vuelto a España para decirte que no he dejado de quererte durante todos estos años de ausencia. Mi última pareja me dejó porque nos acostábamos y ella me sentía ausente. Y es verdad, estaba lejos. He abrazado a otras mujeres para olvidarte y cuanto más empeño ponía en besarlas y hundirme en sus cuerpos, más presencia cobraba tu imagen en mis pensamientos. Llegué a sentir que te traicionaba.

Es verdad, mi última pareja me dijo maricón y se marchó. En ese momento decidí dejar Estados Unidos y venir a buscarte. Enzo, le he interrumpido, estoy casada, con dos hijos, tengo cáncer, recibo quimioterapia, me he quedado calva, y no sé si voy a salir de ésta. Juanma es un buen hombre, ha vuelto él a la carga, pero no me parece que haya sido capaz de hacerte muy feliz. Tu mirada trasluce un poso de tristeza que no puedes disimular.

Te ruego que no te inmiscuyas en asuntos que no te conciernen, no te lo consiento, Enzo. Disculpa, pero no puedo ni quiero inhibirme. No eres feliz, y tienes derecho a serlo. La única obligación que tenemos en esta vida es la de ser felices. ¿Aun a costa de causar dolor a otros?, he preguntado. Si tú no eres capaz de luchar por tu felicidad, harás desgraciados a los que estén a tu lado.

Julia, ha continuado Enzo con voz firme, tienes cáncer, estás en un momento crucial, y la enfermedad debería ayudarte a soltar lastre, pensar un poco en ti, premiarte con un poco de respeto y amor hacia ti misma. ¡Y se supone que el premio eres tú!, he replicado a Enzo con cinismo. Disculpa, Julia, estoy pensando en tu felicidad más que en la mía. Te quiero, sí, Julia, ¿y qué pasa? Haz lo que te venga en gana con ese amor, pero te quiero, te lo digo, y nada puede cambiarlo. Es tu vida, tu cáncer, tu tiempo. Gestiónalo como mejor te convenga. Nadie lo hará en tu lugar.

¿Por qué te pones tan borde conmigo, Enzo? Te quiero, Julia. ¡Vete a la mierda, Enzo!, le he espetado a la cara, ¿pero tú te crees que puedes irrumpir en mi existencia, así sin más, tras veinte años de silencio, en un momento en que me estoy jugando la vida, y que tire por la borda mi matrimonio para echarme en tus brazos y aceptar un amor adolescente y estúpido?

Nos hemos quedado mirando fijamente a los ojos, con resentimiento, he pensado, en guardia y a la expectativa para saber por dónde vendría el próximo golpe para esquivarlo o recibir, encajar y responder con otro golpe mayor.

Sí, eso quiero, ha respondido Enzo en tono de rendición. Divórciate y cásate conmigo, ha añadido. ¡Estás loco!, se me ha escapado. ¿Quieres ser mi mujer?, ha insistido. Me ha sujetado la cara con sus manos, ha mirado mi cráneo de Nefertiti, se ha despeñado en mis ojos y me ha besado. Cuando he abierto los ojos Enzo todavía estaba allí. Entonces yo lo he besado.

Esa tarde, nada más entrar por la puerta después del colegio, fui directo a la cocina para buscar a mi madre. ¡Mamá!, volví a gritar camino del salón. ¡Mamá! Mi madre estaba tumbada en la cama. ¡Mamá, tengo hambre! Tienes galletas en el armario de la cocina, ya sabes dónde. ¡Me apetece un bocadillo de jamón! Fito, cómete un par de galletas, enseguida cenamos. ¿Qué te pasa?, le pregunté, ¿por qué estás en la cama? Me encuentro un poco cansada.

Tenía la luz de la lámpara encendida. Mi madre parecía una luna calva sobresaliendo del edredón. Estás sudando, le dije, ¿quieres que abra la ventana? Tengo un poco de fiebre, pero no es nada. Volví a su lado con un paquete de galletas.

¿Quieres una galleta? Gracias, Fito, no. Ten cuidado de no echar miguitas en la cama. ¡Están ricas! ¿No quieres una? No, gracias, Fito, ten cuidado con las migas. Te estás poniendo muy malita, mamá. No te preocupes, Fito, se me pasará. Así

no tienes que ir al colegio, lo mejor de ponerse enfermo es que no hay que ir al colegio, ¿verdad? Es estupendo, sí, es lo mejor de estar enferma, Fito. ¡Qué suerte tienes! El colegio es un rollo, mamá. ¡Qué me vas a contar a mí!, dijo mi madre, y se echó a reír. ¿De verdad que no quieres una galleta? ¡Están buenísimas!

¿Quieres que te cuente un cuento, mamá? Vale, cuéntame un cuento. ¿Cuál te gusta más a ti? ¿Cuál te sabes mejor?, me preguntó mi madre. A mí el que más gusta es el de la lámpara de Aladino. ¿Y por qué? Porque es una lámpara que concede deseos. Si tuvieras una lámpara con un genio dentro, ¿qué le pedirías?

Mi madre se quedó pensativa, mirando al techo con su cara de bombilla. Di, ¿qué le pedirías?, insistí. Pues le pediría quedarme siempre contigo. ¡Pero si ya estás conmigo, qué deseo tan tonto! ¡Pide otro! No se me ocurre nada ahora, y tú, ¿qué le pedirías? Pues una Play para mí solo, claro, y muchos juegos, para que se fastidien mis primos que nunca me dejan porque dicen que no sé jugar, así aprendería bien y les ganaría siempre.

¡Cuéntame cosas de cuando eras pequeña!, le pedí una vez más. No, dijo mi madre, ¡cuéntame tú cosas de cuando eras pequeño! No sé, no me acuerdo, era muy pequeño. ¡Haz un esfuerzo! Bueno, recuerdo que tenía mucho miedo cuando Loren se subía a la litera de arriba y pensaba que se me iba a caer encima. Y después, cuando me crecieron las piernas, pero no te enfades, ¿eh?, ¿te vas a enfadar si te lo cuento? No, tranquilo, no me voy a enfadar.

Pues cuando me crecieron las piernas me encantaba darle patadas desde abajo para fastidiarlo y no dejarle dormir. Entonces Loren me golpeaba con su almohada y yo me escondía en *el rincón y él seguía dándome hasta que una vez quiso llegar tan lejos que se cayó de cabeza y su cabeza hizo bum, se subió corriendo a la cama otra vez y entonces entraste tú enfadada, pero nos quedamos quietos y te fuiste y seguimos peleando, Loren pegándome con el almohadón y yo empujando su colchón con las piernas para hacerle el terremoto.*

¿No te enfadas? No, Fito, no me enfado, pero me has llenado la cama de migas. No te preocupes, esto se limpia fácil, así, ¿ves?, y con la mano sacudí las migas del edredón y las tiré al suelo. Ve a ver un poco la tele, anda, enseguida cenamos, en cuanto lleguen Loren y papá.

Te quiero, mamá. Yo también te quiero mucho, Fito. Te quiero hasta el infinito y más allá, le aseguré. Nunca estaré sola, pues, dijo mi madre. Pues claro, para qué ibas a estar sola, ¡qué aburrimiento! Y le di un beso en la calva.

Me ha dicho el doctor Arribas que es habitual sudar de esta manera. Son desarreglos hormonales. Una especie de menopausia prematura y transitoria. Volverá la normalidad, me ha dicho, no se preocupe. Me sube la fiebre, también entra dentro de los parámetros vinculados al tratamiento. No duermo. Me duele todo el cuerpo. Hay mañanas que no tengo fuerza ni para abrir los ojos.

Sigo despierta, oigo a Loren y Fito discutir antes de ir al colegio, Juanma enfadándose por cualquier tontería, hasta que entran en tromba en mi habitación, me besan y se marchan dejando tras de sí el vacío de la casa. Cierro los ojos. Calma chicha hasta que llegue Belén. Juanma me ha dejado una taza de café en la mesilla y unas galletas integrales. Juanma sabe que me encanta que me traiga el café a la cama. Ahora que estoy enferma parece que siempre sea fiesta. Motivos no me faltan, estoy viva. Sigo de este lado de los días.

Me incorporo y acomodo con dos almohadas en la espalda. Doy el primer sorbo de café, maravilloso. Muerdo una galleta, sin ganas, con la boca seca. Es como intentar comer tierra. Se me caen unas miguitas y me acuerdo de Fito, lo reprendo hacia mis adentros y deshago el nudo de una sonrisa. ¡Qué desastre! Estoy echa una piltrafa.

Bebo café. Me reconforta. Espero recostada sobre las almohadas con los ojos cerrados. Oigo la llave en la puerta y la voz de Belén que anuncia su llegada con un buenos días. Entra en la habitación para saludarme y llevarse la taza y las galletas mordisqueadas. Cumple con el protocolo de las preguntas amables y contesto a todo que bien. Escucho a lo lejos el trajín de los platos sucios y los grifos abiertos. Dejo de escribir en este cuaderno y cierro los ojos.

ABRIL

Hoy he visto el mar por última vez. Cuando abro el cajón de mi mesilla de noche y veo los cuadernos que van acumulándose, caigo en la cuenta del tiempo transcurrido. Unos pocos meses y tantos cambios en mi vida anotados con esta caligrafía que se me antoja todavía infantil. Parece que fue ayer mismo cuando anoté la primera frase al terminar las vacaciones.

Nunca antes había llevado un diario, si es que a esto se le puede llamar diario, porque prescinde de los días. Ni siquiera ese diario típico de los adolescentes. Por eso me siento un poco ridícula transcribiendo detalles y asuntos que mejor estarían en la última alacena de mi corazón. El ritmo no lo marca el calendario sino que sale de dentro, lo llevo conmigo.

Estreno un nuevo cuaderno, siempre el mismo, pequeño, de tapas negras, con hojas de cuadritos. En la primera hoja anoto un cinco rodeado por un círculo. Una forma como cualquier otra de contabilizar el orden de esta narración que se confunde conmigo. ¿Cinco qué? Parece que sean cinco vidas. Mañana volvemos a casa. Volver, siempre volver. Hay un tango que dice algo así.

Estoy segura de que al cabo de unos meses, a la vuelta de los años, si todavía conservo las pruebas de la conspiración, estas mismas palabras me sonarán ridículas, vergonzantes y, sin embargo, hoy tan necesarias. Así me lo parecen.

Me asusta incluso esta acumulación biográfica anodina, la sensación de que tenemos vidas únicas a sabiendas de que no es así, que aquello que nos sucede y vemos como acontecimientos extraordinarios forman parte de un patrimonio sin nombres ni rostros ni límites.

Soy importante, sin embargo. Lo soy en la medida en que sigo estando al frente de estas líneas absurdas e imprescindibles. También sé que esta necesidad y su trascendencia empiezan y acaban conmigo. Y cuando me haya convertido en apenas un recuerdo, en una imagen innombrable extraviada en un álbum de familia sin testigos que puedan certificar la identidad de la señora que aparece sosteniendo un bebé en los brazos, mira, alguien dirá, éste es tu abuelo Alfonso, Fito, en brazos de su madre, sin nombre, convertida en madre nada más, entonces habré vuelto. Volver, siempre volver, definitivamente y para siempre.

Como te lo cuento, una hortera. Quedamos a comer en el japonés y no sabía ni sujetar los palillos. ¡Pidió cubiertos! ¡Qué vergüenza me hizo pasar! Pero es buena chica. No sé qué le encontró Fernando, porque guapa no es, desde luego, resultona, y un poco más joven que nosotras, pero tampoco una niña. Eso me hubiera parecido ya patético. Estará en sus treinta y muchos y entradita en carnes.

Y una hortera, con decirte que llevaba una blusa de Zara con una chaqueta de Zadig & Voltaire, muy mona, las cosas como son, que a saber de dónde la habrá sacado, lo mismo se la ha regalado el muy cabrón de Fernando, sus vaqueritos y unas Pretty Ballerinas. Eso sí, arrastraba la muy puta un bolso de color de la nueva serie Amazone de Loewe divino, que seguro que se lo trajo para impresionarme. Aunque, mira, necesito media docena de muertas de hambre como ella para epatarme.

En lo referente al asunto que nos reunía, es decir, el susodicho mamón, estuvo muy correcta. Al final lloriqueó un poco, sin aspavientos, haciéndose la fina y la digna. Y me pidió disculpas. Me dijo que lo sentía mucho, que Fernando no nos respetaba como mujeres, que era un impresentable, pero que siempre le había hablado bien de mí.

Eso me dolió, Julia, pues a saber lo que habrá contado de mí a la pánfila esa. Y si te digo la verdad, tiene pinta de estrecha. ¡Si hubieras visto cómo se metía los sushi en la boca poniendo morritos, por dios, me tenía que aguantar la risa!

Yo estuve muy sobria, como te puedes imaginar. Me puse mi vestido Gerard Darel, ese que a ti no te gusta porque parezco una abuela, dices, no comment, con los Pedro García y estas gafas retro de Gucci con la patilla de bambú que me acabo de comprar. ¡A mí en la cama esa mosquita muerta no me llega ni a la suela del zapato, que te lo digo yo!

No entiendo que el inútil de Fernando se haya buscado a otra, qué quieres que te diga. ¡Pero ya vendrá el garbanzo a la cuchara! Eso lo decía la madre de mi suegra, que era muy de pueblo y muy graciosa.

Ni qué decir tiene que compartimos la cuenta, of course, hasta ahí podíamos llegar, encima no voy a poner la cama, ya me entiendes. Tienes ojeras, Julia, tienes que comer más lentejas, que tienen mucho hierro, y ventilarte un poco que te estás apolillando, perdón, hija, no quería molestar, pero sal, por favor, y que te dé un poco el sol, que tiene muchas vitaminas.

Casi todos los sábados cenábamos pizza, pero últimamente eran sábado muchos días. Mi madre se quedaba tumbada. ¿Quieres, mamá?, le pregunté con un trozo grande de pizza en la mano. No, gracias, Fito. Ten cuidado que no caiga tomate en la cama, me dijo, y se enfadó porque justo en el momento en que me lo estaba advirtiendo se me escurrió una loncha de salami con mozzarella y tomate justo al lado del libro que estaba leyendo. Perdón, mamá, me disculpé, y recogí la loncha de salami con los dedos y me la comí, pero los dedos dejaron marca. ¡Juanma, por favor!, pidió ayuda mamá. ¡Tampoco es para tanto!, me quejé. Y se echó a llorar. Mi padre me mandó a comer delante de la tele y se quedó con mi madre para cambiar la sábana con tomate.

¿Y si estos cuadernos cayeran en manos de Juanma? ¿O de mis hijos más adelante? ¿Dónde quedaría la esposa, la madre que he sido para ellos? Tal vez sería lo mejor, sí. Que cayeran las máscaras de una vez por todas. Que por fin pudiera ser yo sin mí. No. No quiero hacer daño a Juanma. No se lo merece. Ha sido un buen marido y un buen padre. Ha hecho lo que ha podido.

¿Pero es suficiente? ¿Basta con hacer lo que uno puede? ¿Merece uno el perdón por ser bueno y tonto y condenar a la infelicidad a otro ser de por vida? Seamos honestos. Si alguien es responsable, ésa soy yo. Nadie más. Podía haberme negado a casarme con Juanma. Podía haber reconducido mi vida en otra dirección. Tener hijos. O no tener hijos. Dedicar mi energía a una carrera profesional prometedora en lugar de conformarme con unas clases de biología en un instituto. El caso es que aquí estoy. Aquí estamos.

Yo y mi cáncer. Yo y mi cuaderno.

Tal vez debería destruirlos. Si al final del pasillo me espera la muerte y más allá de la muerte, el olvido, que es la verdadera muerte, ¿qué importa? Que sepan quién he sido y conozcan a la mujer que tuvo dudas y con sus dudas fue capaz de construir una vida.

Lo siento por Juanma. Se llevará una gran desilusión. Me guardará rencor. Lo mejor sería hablar con él. Poner las cartas encima de la mesa. Decirle la verdad y pedir el divorcio. Tener la valentía de librarlo del dolor. Arrebatarle mi vida y mi muerte. Darle las gracias y concluir que hasta aquí hemos llegado. Y hacer con el tiempo que me quede lo que me venga en gana.

¿Y si me flaquean las fuerzas? ¿Y si no puedo tomar la iniciativa y quedan mis palabras a pesar mío? Pedir a alguien de confianza que se encargue de hacerlas desaparecer. Como Kafka a su amigo Max Brod. ¿A quién podría pedirle yo que destruyera mis cuadernos? Kafka fue un inútil, un cobarde, un vanidoso. El éxito de Kafka es el resultado del fracaso de una vida. De haber tenido agallas, de tenerlos bien puestos como un hombre, Kafka hubiera sido tragado por el tiempo hasta convertirse en el fango indiferente que es el tiempo. Si hubiera tenido dos pelotas, si de verdad hubiera deseado que aquellos folios desaparecieran de la faz de la tierra, se hubiera encargado él personalmente de prenderles fuego. Pero si ya se ve en las fotos que Kafka es un alfeñique, un memo, un fracasado que se masturbaba a conciencia, un incapaz, una caricatura de hombre, y una mujer necesita un hombre, no a Kafka. Pobre Felice.

Quiero seguir escribiendo hasta que no pueda seguir escribiendo. Podría encargarle a Rosa la tarea de reclamar y destruir estas palabras. Si lo hiciera, seguro que se echaba a llorar. Y luego terminaría estropeándolo todo, incapaz de venir a mi casa y reclamar los cuadernos y acabar con ellos. No, Rosa imposible. ¿Si no lo hago yo, quién?

Mis hijos lo entenderán. Y si no lo entienden, ya lo entenderán. Y si no encuentro ni el valor ni las fuerzas para dar un golpe de timón y cambiar de rumbo, reinventarme una vida o lo que quede de ella, al menos quedarán estas palabras para que entiendan a su madre y sean capaces de perdonarme.

Es lo único que pido. Un poco de misericordia. Y si no son capaces de seguir amándome con mi cuerpo herido, con mi alma rota, con mis abrazos deshilachados, que se vayan todos a la mierda.

¿A qué no sabes lo que me ha dicho? Que a ver si quedamos, que me invita a comer en un dos estrellas Michelin, como sin son veintitrés, ya ves tú, que tenemos que arreglar esto de forma civilizada. ¡De forma civilizada, Julia!, ha empezado a gritar mi hermana por teléfono.

He estado toda la mañana en la cama y me he levantado para ducharme. Me he sentado en el sofá a leer un poco y ha sonado el teléfono. Pensé que era Enzo, siempre llama hacia el final de la mañana, pero era mi hermana, berreando. Nada más escuchar su voz me ha empezado a doler la cabeza.

Yo sé lo que le pasa. ¿Sabes lo que le pasa? ¿Quieres que te lo diga? Pues que lo ha llamado mi abogado, eso le pasa, y le han entrado sudores fríos. Por nuestros hijos, me ha dicho, el muy ruin, por el bien de nuestros hijos nos tenemos que arreglar, para no perjudicarlos. ¡Ya! El muy listo se cree que no me doy cuenta, porque de custodia compartida nada de nada; después de ir por ahí tirándose a todo lo que se mueve y lleva faldas... porque este hombre es un enfermo, un obseso sexual, un depravado.

Y como se ponga tonto, le retiro hasta las visitas a sus hijos, o sólo delante de una asistente social, y de todos modos, sus hijos le han importado siempre bien poco, para qué me voy a dar mal. La víscera que más duele es la cartera, darling, eso sí, eso sí que le preocupa, sus hijos no. ¡Ni para condones le va a llegar!

Y yo calladita, ¿sabes?, a ver si respiraba y decía algo de su amante, la primera, quiero decir, no la nueva, que no sé quién es ni me interesa. Fernando está pensado en proponerme un trato, porque es un quinqui, lo ha sido toda la vida, que le conozco bien, como si lo hubiera parido, pero a mí no me la da, que engañe a sus socios, que para eso dice que son amigos suyos, a mí no me la pega, le voy a sacar hasta el último céntimo y hasta el día que se muera, porque yo no pienso ponerme a trabajar, no faltaría más, Julia, que yo tuviera que ponerme a trabajar a estas alturas.

Montar un negocio, me lo pensaría, pero para qué, la verdad. Un negocio de ropa, que sabes que me chifla la moda y, por cierto, a ver si salimos un día de compras, que vas siempre hecha un adefesio, ¡cuánto te tiene que querer Juanma, darling!, y perdona que sea tan sincera, pero hasta las bragas que te pones, mujer, ¡que parecen una consigna anticonceptiva de la Conferencia Episcopal más que unas bragas!, pues eso, que me pierdo, un negocio de ropa pija y complementos, ya sabes, Armani, Vuitton, Gucci, alguna de esas marcas corrientuchas que conoce todo el mundo, pues la de aquél, pero para qué me voy a matar la cabeza, y el estrés, y aguantar a petardas como las putitas que se tira el enfermo de mi marido, ni hablar.

Que me pase la pensión y me mantenga y se vaya a vivir con su madre, si quiere, o se busque a una mema que le lave los calzoncillos. Perdona que sea tan grosera, Julia, ya sé que no te gusta, ¡cómo sois los maestros!, suéltate un poco, darling.

¿Te encuentras bien? ¡Qué callada estás, por favor! ¡Di algo! Dime que tengo razón. Ya sé que a ti Fernando te ha caído siempre bien, pero comprenderás que a quien le ha puesto los cuernos es a mí, no a ti. Si yo tuviera un Juanma no me vería como veo, luchando por mis hijos y nuestro futuro. Lástima que sea tan paradito, tu Juanma, pero qué quieres que te diga, ¡todo no se puede tener en esta vida!

Lo dicho, una tarde de estas me paso y te saco de trapitos, a ver si renovamos un poco la fachada, que a fin de cuentas es lo que más se ve. Y no te preocupes tanto, que estás en buenas manos y te vas a curar. Por cierto, tu doctor Arribas no está nada mal. Avísame en la próxima visita que tengas, que te acompaño. Nunca se sabe, oye, que todavía soy joven y de buen ver. Para nada serio, of course, pero una también tiene sus necesidades, como tú, como todas, ¿o no?

¡Ay, qué rancia eres, Julia, no se te puede gastar una broma!, pero reconoce que no está mal, que me he fijado en cómo le miras las manos cuando habla, y qué médico tan sensible, tan humano, ¡qué suerte tienes, condenada! No dejes de avisarme cuando vayas a la consulta. Besos, besos. Cuídate mucho, darling. Te adoro.

Al final han tenido que pincharme defensas, estaba por debajo del umbral mínimo necesario para una sesión de quimio. En un par de días los niveles se han disparado. ¡Bien! Nunca hubiera podido imaginar que sentiría deseos de ir a una de esas sesiones en las que me dejo inundar de sustancias químicas. Me siento feliz como un baba au rhum inflado de licor.

Me he sentado en mi butaca azul, me he puesto los auriculares con la discografía completa de Lucio Battisti que me ha grabado Enzo, y a esperar a que empiece la película. A punto he estado de pedir un cesto de palomitas recién hechas. El refresco no ha hecho falta, enseguida ha aparecido la enfermera con mi Fanta de naranja.

Estas enfermeras son amabilísimas. Buenos días, Julia. Cumple con el protocolo. ¿Julia Aenlle? Y asiento. Siempre igual. Dice mi nombre en alto y espera que yo lo corrobore para evitar errores fatales. Y problemas legales, claro. Sí, soy Julia Aenlle, he dicho sin mover los labios. Primero el suero. Y seguidamente la Fanta. Cierro los ojos.

La cucina guarda che cos'è quanti piatti sporchi da lavare. Y de súbito mi mente me transporta y reconstruye la escena de Loren y Fito en la cocina sobre un charco de agua, con el grifo abierto y salpicando y Fito con una bandeja en las manos chorreando agua encima de sus zapatillas de lana. Me he echado a reír. Mejor reír que matarlos. Ahora me río.

¡Que te calles!, no paraba de repetir a gritos Loren mientras hundía sus manos en el fregadero ignorando los ojos atónitos de Fito, que suplicaban misericordia y benevolencia. Hubo un momento de vacío y los tres nos miramos y empezamos a llorar con un llanto que se transformaba en risa y volvía a ser llanto para ser risa otra vez y de nuevo llanto y más risa y llanto y risa. Te queríamos ayudar, mamá, dijo Loren buscando la solidaridad de su hermano que se había quedado petrificado sujetando un pedazo de ensaladera completamente empapado.

Gracias, cierra el grifo y venid aquí los dos. Me enjuagué las lágrimas con la palma de la mano para ofrecerles una sonrisa limpia, me puse en cuclillas, y los abracé fuerte a los dos y al trozo de ensaladera que Fito seguía agarrando con sus brazos mojados.

Cara de bombilla. Así me llama Fito. Llega del colegio en tromba. Desde la cama oigo cómo tira la cartera nada más entrar por la puerta, acude corriendo a la cocina, se sube en una banqueta y empieza a comer galletas. Ya no me enfado. Entra en la habitación llenándolo todo de miguitas, se acerca, me da un beso y se sienta en el borde de la cama. Hola, cara de bombilla, me dice.

¿Qué tal el cole?, le pregunto. Se levanta de un salto sin parar de masticar y vuelve a galope con un dibujo. Mira, lo he hecho para ti, me dice con la boca llena salpicando con trocitos de galleta sobre las sábanas. Trata de limpiar el desaguisado con una mano en la que sujeta varias galletas que van añadiendo más miguitas a la cama. Eres tú, me dice, la seño me ha felicitado y me ha dicho que te diga que soy un artista. Fito ha dibujado una bombilla que sonríe en la cama, iluminada con rayitos de luz alrededor de la cabeza y las orejas que sobresalen.

¿Necesitas algo, Julia?, me ha preguntado Belén. Le he respondido que podía marcharse, que yo me ocupaba de los chicos hasta que Juanma llegara del trabajo. Fito, me has dibujado unas orejas muy grandes, le he chinchado un poco.

Entra Loren comiendo galletas también. Me da un beso y trata de sentarse delante de su hermano. Fito protesta y le empuja. Loren se defiende con el codo. Pongo orden. Le digo a Fito que se suba a la cama y se siente al otro lado, si quiere, pero no hace caso, sigue detrás de su hermano, medio tumbado, mordisqueando su galleta.

¿Qué tal en el cole?, pregunto a Loren, que mastica con pulcritud y la mirada perdida. Bien, responde lacónico. ¿Tienes deberes?, trato de anudar la conversación. No, me dice. Loren nunca tiene deberes, pero los hace. No sé cómo se las arregla.

Yo tengo que escribir una redacción en inglés, interviene Fito, sobre un amigo al que invito a mi cumpleaños. Cuidado con las galletas, me estáis llenando la cama de migas, les advierto. ¿Podemos ver la tele?, pregunta Fito. Cuando hayas hecho tu redacción de inglés. ¡No, que se habrán acabado los dibujos!, protesta Fito pataleando. Primero la redacción y luego la tele, y pizzas para cenar, ¿vale?

¿Y yo puedo ver la tele?, pregunta Loren para fastidiar a su hermano. Espera un poco y la enciendes cuando tu hermano haya terminado las tareas. ¿Qué culpa tengo yo de que Fito sea imbécil y le manden deberes?, se queja. Loren, por favor, le ruego. Se levanta haciéndose el enfadado y se marcha. ¿Ves como Loren es tonto?, aprovecha Fito buscando mi complicidad. Cuanto antes termines los deberes, antes podrás ver la tele, le recuerdo.

¿Quieres una galleta? No, Fito, me estás llenando la cama de migas. Fito siempre hace provisión de más galletas de las que finalmente puede comer. ¡Toma, están muy ricas!, insiste. No, gracias, los deberes, Fito, repito. ¡Ya voy, cara de bombilla! Me he quedado sola con una playa de miguitas de galleta sobre mis sábanas. Este mar no tiene runrún.

En las sesiones de quimio coincido con algunas compañeras de travesía. Nos observamos con el rabillo del ojo en la distancia, y con recelo, como los clientes adormilados de una cafetería a la hora del desayuno, sin ganas de hablar. En ocasiones busco su complicidad, pero me encuentro con miradas evasivas. Creo que se confunde de persona, ha respondido una de ellas mientras se escondía tras su revista. No siempre ocurre así. Una madre joven, más que yo, siempre que le preguntan dice que se encuentra fenomenal.

Pues mira, Julia, ha empezado mi hermana, al final le he dicho que sí, que vale, que cenábamos juntos, y que qué que-